REENCUENTRO

Singular Contemporánea

REENCUENTRO

FRED UHLMAN

Traducción

Eduardo Goligorsky

TUSQUETS
EDITORES

El papel de este libro procede de bosques gestionados de forma sostenible y de fuentes controladas.

Título original: *Reunion*

Traducción de Eduardo Goligorsky

www.tusquetseditores.com
www.planetadelibros.com

Diseño de la colección: Austral / Área Editorial Grupo Planeta
Ilustración de la cubierta: Shutterstock
Primera edición en Austral: abril de 2026

Depósito legal: B. 24.752-2026
ISBN: 978-84-1107-784-2
Impreso en España

Biografía

Fred Uhlman (Stuttgart, 1901 - Londres, 1985), de origen judío, ejerció la abogacía hasta que abandonó Alemania en marzo de 1933, poco después de que Hitler fuera nombrado canciller. Residió un tiempo en París y posteriormente en España (en Tossa de Mar), de donde también escapó al estallar la guerra civil para, tras regresar unos meses a París, llegar a Londres. Allí fundó el Artists' Refugee Committee y la Free German League of Culture, entre cuyos miembros se contaban Oskar Kokoschka y Stefan Zweig. Su ayuda a los alemanes huidos del nazismo lo volvió sospechoso a ojos de las autoridades británicas. En 1971 publicó *Reencuentro*, una obra maestra sobre la amistad, y en 1985 su «réplica», *Un alma valerosa*.

Para Paul y Millicent Bloomfield

Introducción

Cuando leí por primera vez Reencuentro, *de Fred Uhlman, hace algunos años, escribí al autor (a quien sólo conocía por su reputación como pintor) diciéndole que, a mi juicio, se trataba de una pequeña obra maestra. Tal vez sea necesario explicar el calificativo. Hacía referencia a las reducidas dimensiones del libro, y a la impresión de que si bien su tema era la tragedia más espantosa de la historia del hombre, estaba escrito en un nostálgico tono menor.*

Por su formato, Reencuentro *no es una novela ni un cuento, sino una* novella, *forma artística esta que es más apreciada en el continente que aquí, en Gran Bretaña. Le faltan el volumen y la cualidad panorámica de la novela, pero tampoco es un cuento, porque generalmente éste aborda un episodio, un fragmento de la vida, en tanto que la* novella *pretende ser algo más completo: una novela en miniatura. En este contexto, Fred Uhlman ha conseguido un éxito admirable..., quizá porque los pintores saben cómo adaptar la composición a las dimensiones de la tela, mientras que los escritores disponen, desafortunadamente, de una reserva ilimitada de papel.*

También ha conseguido comunicar a su narración una cualidad musical que es al mismo tiempo obsesionante y lírica. «Mis heridas», escribe su protagonista, Hans Schwarz, «no han cicatrizado, y quienes me traen el recuerdo de Alemania no hacen más que frotarlas con sal.» Sin embargo, sus recuerdos están impregnados de añoranzas por «las onduladas y serenas colinas azules de Suabia [...] tapizadas por viñedos y coronadas por castillos», y por «la Selva Negra, donde los bosques umbríos, que olían a setas y a las lágrimas de resina ambarina, eran atravesados por una red de arroyos poblados de truchas, sobre cuyas márgenes se levantaban los aserraderos». Le hostigan hasta obligarlo a huir de Alemania y sus padres son empujados al suicidio, pero el regusto que deja la novella *es el de la fragancia del vino local servido en posadas de troncos oscuros, sobre las riberas del Neckar y el Rin. No hay el menor rastro de furia wagneriana: es como si Mozart hubiera reelaborado el Götterdämmerung.*

Se han escrito ya centenares de gruesos tomos acerca de la época en que se fabricaba jabón con cadáveres para mantener la limpieza de la raza superior, pero pienso sinceramente que este delgado volumen ocupará un lugar perdurable en cualquier biblioteca.

Arthur Koestler
Londres, junio de 1976

1

Ingresó en mi vida en febrero de 1932 y ya no ha salido de ella. Desde entonces ha transcurrido más de un cuarto de siglo, han pasado más de nueve mil días, días inconexos y tediosos, vacíos debido a la sensación del esfuerzo o el trabajo inútiles..., días y años, muchos de ellos tan muertos como las hojas mustias de un árbol seco.

Recuerdo el día y la hora en que posé los ojos por primera vez en ese muchacho que habría de ser la fuente de mi mayor dicha y de mi mayor desesperación. Ocurrió dos días después de que yo cumpliera dieciséis años, a las tres de la tarde de un día gris y oscuro del invierno alemán. Me encontraba en el Gymnasium Karl Alexander de Stuttgart, la escuela de enseñanza media más famosa de Wurtemberg, fundada en 1521, el año en que Lutero compareció ante Carlos V, santo emperador y rey de España.

Recuerdo todos los detalles: el aula con sus bancos y mesas sólidos, el olor agrio y rancio de cuarenta abrigos invernales húmedos, los charcos de nieve derretida, las líneas pardo-amarillentas de las paredes grises donde en otra época, antes de la revolución, habían colgado los retratos del káiser Guillermo y del rey de Wurtemberg. Si cierro los ojos todavía puedo ver las espaldas de mis condiscípulos, muchos de los cuales murieron después en las estepas rusas o entre las arenas del Alamein. Estoy oyendo la voz cansada y desilusionada de Herr Zimmermann, quien, condenado a enseñar a perpetuidad, había aceptado su destino con triste resignación. Era un hombre de rostro cetrino, cuyo cabello, bigote y perilla puntiaguda eran completamente grises. Miraba el mundo a través de unos quevedos que descansaban sobre la punta de su nariz, con la expresión de un perro vagabundo en busca de comida. Aunque probablemente no pasaba de los cincuenta años, a nosotros nos parecía que tenía ochenta. Le despreciábamos porque era afable y bondadoso, y porque olía a pobreza —tal vez su apartamento de dos habitaciones carecía de cuarto de baño—, y vestía un traje muy remendado, lleno de brillos, verdoso, que usaba durante el otoño y los largos meses de invierno (tenía otro traje para la primavera y el verano). Lo tratábamos con desdén y ocasionalmente con crueldad, esa crueldad cobarde de la que tantos jóvenes sanos hacen gala en su trato con los débiles, los viejos y los indefensos.

Oscurecía, pero no tanto como para que encendieran las luces, y a través de las ventanas aún veía nítidamente la iglesia de la guarnición, un feo edificio de finales del XIX, embellecido, ahora, por la nieve que cubría las torres gemelas, cuyas agujas perforaban el cielo plomizo. También eran hermosas las colinas blancas que circundaban mi ciudad, con las cuales parecía terminar el mundo para dejar paso al misterio. Yo estaba semialetargado, garabateando, soñando, arrancándome de cuando en cuando un pelo de la cabeza para mantenerme despierto, cuando alguien golpeó la puerta, y antes de que Herr Zimmermann pudiera decir *Herein* entró el profesor Klett, el director. Pero nadie miró al hombrecillo vivaracho, porque todos los ojos se volvieron hacia el desconocido que le seguía como Fedro debió de seguir a Sócrates.

Le miramos como si estuviéramos viendo un fantasma. Lo que me impresionó, y probablemente impresionó a todos mis compañeros más que cualquier otra cosa, más que su porte aplomado, su aire aristocrático y su tenue sonrisa ligeramente altanera, fue su elegancia. Por lo que concernía a nuestra forma de vestir, éramos un modelo de vulgaridad. Las madres de la mayoría de nosotros pensaban que cualquier prenda era buena para ir a la escuela con tal de que estuviese confeccionada con un tejido fuerte y duradero. Todavía no nos interesaban mucho las chicas, de modo que aceptábamos que nos vistieran con un surtido heterogéneo de chaquetas y pantalones cortos o bombachos, funcionales y resistentes, comprados con la esperanza de que aguantaran hasta que ya no cupiéramos en ellos.

Pero todo eso no se aplicaba a este joven. Llevaba pantalones *largos,* pulcramente cortados y planchados, y que obviamente no habían sido descolgados de un gancho como los nuestros. Su traje parecía caro: era de color gris claro, de punto espigado, y casi con certeza de un tejido cuyo origen inglés estaba «garantizado». Usaba, asimismo, una camisa celeste y una corbata azul oscuro con pequeños lunares blancos. Por el contrario, nuestras corbatas estaban sucias y grasientas y parecían cordeles. Y aunque considerábamos una «mariconada» eso de vestir elegantemente, no pudimos dejar de mirar con envidia esa imagen de desenvoltura y distinción.

El profesor Klett se encaminó directamente hacia Herr Zimmermann, le susurró algo al oído y desapareció sin despertar siquiera nuestra atención porque teníamos los ojos clavados en el Recién Llegado. Éste permanecía inmóvil y sereno, sin dar ninguna muestra de nerviosismo o timidez. Por alguna razón parecía mayor y más maduro que nosotros, y era difícil convencerse de que se trataba sencillamente de otro nuevo condiscípulo. No nos habría sorprendido verle desaparecer tan silenciosa y misteriosamente como había entrado.

Herr Zimmermann desplazó sus quevedos hasta un punto más alto de su nariz, inspeccionó la clase con ojos cansados, descubrió un asiento vacío precisamente delante de mí, bajó de su tarima y —ante el asombro de todos los alumnos— acompañó al Recién Llegado hasta el lugar elegido. Luego, con una ligera inclinación de cabeza, como si tuviera la vaga intención de hacer una reverencia pero no se atreviese a tanto, retrocedió lentamente, sin volverle la espalda en ningún momento al extraño. De nuevo instalado en su asiento, le habló.

—¿Sería usted tan amable de decirme su apellido, su nombre de pila y la fecha y lugar de nacimiento?

El joven se puso en pie.

—Conde von Hohenfels, Konradin —proclamó—, nacido el 19 de enero de 1916, castillo de Hohenfels, Wurtemberg.

A continuación se sentó.

2

Miré al extraño joven, que tenía exactamente mi edad, como si viniera de otro mundo. No porque fuese conde. En mi clase había varios «von», pero no parecían distintos de todos nosotros, que éramos hijos de comerciantes, banqueros, pastores de la Iglesia, sastres o funcionarios del ferrocarril. Allí estaba Freiherr von Gall, un pobre chiquillo, hijo de un oficial retirado del ejército que sólo podía comprar margarina para sus hijos. Asimismo, el barón von Waldeslust, cuyo padre tenía un castillo cerca de Wimpfen am Neckar, y cuyo antepasado había recibido el título nobiliario por haber prestado servicios de dudosa naturaleza al duque Eberhard Ludwig. Teníamos incluso un príncipe, Hubertus Schleim-Gleim-Lichtenstein, pero era tan estúpido que ni siquiera su linaje principesco le salvaba de ser el hazmerreír de todos.

Pero éste era un caso muy distinto. Los Hohenfels formaban parte de nuestra historia. Era cierto que su castillo, situado entre Hohenstaufen, Teck y Hohenzollern, se hallaba en ruinas, con las torres destruidas, hasta el punto de que dejaba desnuda la cima de la montaña, pero su fama aún se conservaba fresca. Yo conocía tan bien sus hazañas como las de Escipión el Africano o Aníbal o César. Hildebrandt von Hohenfels murió en 1190 mientras intentaba rescatar a Federico I de Hohenstaufen, el gran Barbarroja, de las aguas torrentosas del río Calicadno, en Asia Menor. Anno von Hohenfels fue amigo de Federico II, el más prodigioso de los Hohenstaufen, «Stupor Mundi», cuyo libro *De arte venandi cum avibus* él ayudó a escribir y que murió en Salerno en 1247, en brazos del emperador. (Su cuerpo aún descansa en Catania, en un sarcófago de pórfido sostenido por cuatro leones.) A Frederick von Hohenfels, sepultado en Kloster Hirschau, lo mataron en Pavía después de que hubiera tomado prisionero a Francisco I de Francia. Waldemar von Hohenfels cayó en Leipzig. Dos hermanos, Fritz y Ulrich, perdieron la vida en Champigny, en 1871, el más joven primero y el mayor mientras intentaba transportarlo a un lugar seguro. A otro Frederick von Hohenfels lo mataron en Verdún.

Y allí, a poco menos de medio metro, se hallaba sentado un miembro de esta ilustre familia suaba, compartiendo la misma estancia que yo, bajo mis ojos atentos, fascinados. Cada uno de sus movimientos me interesaba: cómo abría su lustrosa cartera, cómo, con sus manos blancas e inmaculadamente limpias (tan diferentes de las mías, cortas, torpes y manchadas de tinta), depositaba su estilográfica y sus lápices bien afilados, y cómo abría y cerraba su cuaderno de anotaciones. Todo lo suyo despertaba mi curiosidad: el esmero con que escogía su lápiz, la forma en que se sentaba —bien erguido, como si pensara que, en cualquier momento, podría tener que levantarse para dar una orden a un ejército invisible— y la manera en que acariciaba su cabello rubio. Sólo me relajaba cuando él, como todos los demás, se hastiaba y se movía inquieto a la espera de que sonara la campana anunciando el recreo. Estudiaba su rostro altivo, delicadamente cincelado, y con toda seguridad ningún amante habría contemplado con más fijeza a Helena de Troya, ni se habría sentido más persuadido, ante ella, de su propia inferioridad. ¿Quién era *yo* para atreverme a hablarle? ¿En cuál de los guetos de Europa habían estado hacinados mis mayores cuando Federico de Hohenstaufen le tendía a Anno von Hohenfels su mano enjoyada? ¿Qué podía ofrecerle yo, hijo de un médico judío, nieto y bisnieto de rabinos, y descendiente de un linaje de pequeños mercaderes y traficantes de ganado, qué podía ofrecerle yo, decía, a ese muchacho rubio cuyo solo nombre me llenaba de temor reverencial?

¿Cómo podía entender él, con toda la gloria que le rodeaba, mi apocamiento, mi orgullo receloso y mi temor a ser herido? ¿Qué tenía en común él, Konradin von Hohenfels, conmigo, Hans Schwarz, tan escaso de aplomo y de *savoir faire*?

Lo curioso es que yo no era el único que estaba demasiado nervioso para abordarlo. Casi todos los muchachos parecían eludirle. Habitualmente bruscos y groseros, de hecho y de palabra, siempre propensos a adjudicarse mutuamente apodos malsonantes, como Apestoso, Hediondo, Salchicha, Cara de Cerdo o Cochino, y a embestirse incluso sin que mediara provocación, permanecían todos callados y turbados en presencia de él, y le abrían paso cada vez que se levantaba y en cualquier lugar hacia el que se encaminara. Ellos también parecían subyugados por su hechizo. Si yo o cualquier otro se hubiera atrevido a presentarse vestido como Hohenfels, habría estado expuesto a burlas despiadadas. Incluso Herr Zimmermann parecía temeroso de importunarle.

Y eso no era todo. Sus deberes escolares eran corregidos con la mayor escrupulosidad. En tanto que Zimmermann se limitaba a escribir en el margen de mis composiciones breves comentarios como «Sintaxis incorrecta», «¿Qué significa esto?», o «No demasiado mal», «Más esmero, por favor», sus deberes eran corregidos con una plétora de observaciones y explicaciones que, sin duda, exigían de nuestro profesor muchos minutos de trabajo adicional.

Aparentemente, no le molestaba que le dejaran solo. Quizás estaba acostumbrado a ello. Pero nunca daba ninguna prueba de orgullo o vanidad ni demostraba alimentar el deseo de ser distinto de los demás. Aunque, a diferencia de nosotros, era siempre extraordinariamente cortés, sonreía cuando le hablaban y llegaba al extremo de mantener la puerta abierta cuando alguien quería salir. Sin embargo, por alguna razón, los muchachos parecían temerle. No se me ocurre sino que era la leyenda de los Hohenfels lo que hacía que se sintieran tan tímidos y afectados como yo.

Al principio, incluso el príncipe y el barón lo dejaron en paz, pero una semana después de su llegada vi que los «von» se acercaban a él durante el recreo que siguió a la segunda hora de clase. El príncipe le habló y luego le imitaron el barón y el Freiherr. Sólo oí unas pocas palabras: «Mi tía Hohenlohe», «Maxie dijo» (¿quién era «Maxie»?). Mencionaron más nombres, con los que era obvio que estaban todos ellos familiarizados. Algunos provocaban la hilaridad general; otros los pronunciaban con grandes muestras de respeto y casi los susurraban como si estuviera presente la realeza. Pero ese *rencontre* no pareció conducir a ninguna parte. Cuando volvieron a cruzarse se saludaron con inclinaciones de cabeza y sonrieron y cambiaron unas palabras, pero Konradin pareció tan reservado como antes.

Pocos días después le llegó el turno al «Caviar de la Clase». A tres muchachos, Reutter, Müller y Frank, se les conocía por este apodo porque no alternaban con nadie. Tenían la certidumbre de que ellos, y sólo ellos entre todos nosotros, estaban destinados a triunfar en el mundo. Iban al teatro y a la ópera, leían a Baudelaire, Rimbaud y Rilke, hablaban de la paranoia y del Ello, admiraban *El retrato de Dorian Gray* y *La saga de los Forsyte*, y por supuesto se admiraban recíprocamente. El padre de Frank era un rico industrial y se reunían regularmente en su casa, donde trataban con algunos actores y actrices, con un pintor que de tiempo en tiempo iba a París para visitar a «mi amigo Pablo», y a varios señores con ambiciones y contactos literarios. Les permitían fumar y se referían a las actrices utilizando sus nombres de pila.

Después de resolver por unanimidad que un Von Hohenfels sería una adquisición valiosa para su cenáculo, lo abordaron..., aunque con alguna vacilación. Frank, el menos nervioso de los tres, lo detuvo cuando salía de la clase y balbució algo acerca de «nuestro pequeño salón», acerca de lecturas de poemas, de la necesidad de defenderse del *profanum vulgus*, y agregó que se sentirían halagados si él se incorporase a su *Litteraturbund*. Hohenfels, quien nunca había oído hablar del «Caviar», sonrió afablemente, dijo más o menos que en ese «preciso momento» estaba terriblemente ocupado, y dejó a los tres hombres sabios sumidos en la frustración.

3

No recuerdo exactamente cuándo decidí que Konradin tenía que ser mi amigo, pero de lo que no dudé fue de que algún día lo *sería.* Hasta su llegada yo había carecido de amigos. En mi clase no había un solo chico capaz de satisfacer mi ideal romántico de la amistad, ninguno que yo admirara de verdad, ninguno por el cual hubiera estado dispuesto a dar la vida, ninguno capaz de entender mi exigencia de confianza, lealtad y abnegación totales. Todos ellos me parecían suabos más o menos torpes, bastante ordinarios, robustos y poco imaginativos, y ni siquiera el grupo del «Caviar» me impresionaba como una excepción. La mayoría de los chicos eran simpáticos y me entendía bien con ellos. Pero lo cierto era que así como no sentía un aprecio particularmente fervoroso por ellos, ellos tampoco lo sentían por mí. Nunca visitaba sus casas y tampoco ellos venían a la mía. Quizás otra de las razones de mi frialdad era que todos parecían tener un desmesurado espíritu práctico, y ya habían decidido su orientación para el futuro: abogados, oficiales, maestros, pastores y banqueros. Sólo yo no tenía las ideas claras..., únicamente sueños vagos y anhelos aún más vagos. Lo único que sabía era que deseaba viajar, y pensaba que algún día sería un gran poeta.

Titubeé antes de escribir «un amigo por el cual yo hubiera estado dispuesto a dar la vida». Pero incluso después de treinta años creo que no se trataba de una exageración y que habría aceptado morir por un amigo... casi con alegría. Al igual que daba por supuesto que era *dulce et decorum pro Germania mori,* también habría aceptado que morir *pro amico* era igualmente *dulce et decorum.* Entre los dieciséis y los dieciocho años, los jóvenes combinan a veces una cándida inocencia, una pureza radiante de cuerpo y mente, con un anhelo exasperado de devoción absoluta y desinteresada. Por lo general, esa etapa sólo abarca un breve lapso, pero por su intensidad y singularidad perdura como una de las experiencias más preciosas de la vida.

4

Lo único que sabía, entonces, era que iba a ser mi amigo. Todo me atraía hacia él. Primera y primordialmente, la gloria de su nombre, que lo distinguía, ante mis ojos, de todos los demás, incluyendo los «von» (así como me habría sentido más atraído por la duquesa de Guermantes que por una Madame Meunier). Luego, su porte gallardo, sus modales, su elegancia, su belleza —¿y quién podría haber sido totalmente insensible a ella?— me sugerían vehementemente que por fin había encontrado a alguien que podía encarnar mi ideal de la amistad.

El problema radicaba en encontrar el modo de atraerlo hacia mí. ¿Qué podía ofrecerle a él, que había rechazado delicada pero rotundamente a los aristócratas y al «Caviar»? ¿Cómo podía conquistar a ese joven atrincherado tras las barreras de la tradición, de su orgullo natural y de la arrogancia adquirida? Además, parecía muy satisfecho de estar solo y mantenerse apartado de los otros muchachos, con los cuales sólo se mezclaba porque no le quedaba otra alternativa.

Cómo llamar su atención, cómo hacerle sentir que yo era distinto de esa chusma aburrida, cómo convencerle de que sólo yo merecía ser su amigo..., éstas eran preguntas para las que no hallaba una respuesta clara. De pronto empecé a demostrar gran interés por lo que sucedía en la clase. En general prefería que me dejaran en paz con mis sueños, mientras esperaba que la campana me librara de la rutina. No tenía nada especial para deslumbrar a mis condiscípulos. En tanto pudiera aprobar los exámenes, lo que no me causaba muchas dificultades, ¿para qué esforzarme? ¿Para qué impresionar a mis profesores..., esos ancianos cansados, desilusionados, que acostumbraban a decirnos que *non scholae sed vitae discimus,* cuando a mí me parecía que era a la inversa?

Pero en ese momento renací. Cada vez que creía tener algo que decir, me levantaba de un salto. Discutía sobre *Madame Bovary* y la existencia o inexistencia de Homero, atacaba a Schiller, definía a Heine como un poeta para viajantes de comercio y proclamaba que Hölderlin era el poeta más grande de Alemania, «aún más excelso que Goethe». Al considerarlo de forma retrospectiva comprendo cuán infantil era todo, y sin embargo es cierto que electricé a mis profesores, e incluso el «Caviar» me prestó atención. Los resultados también me sorprendieron. Los profesores, que me habían desahuciado, pensaron repentinamente que después de todo no habían malgastado sus esfuerzos y que al fin cosechaban algún fruto por sus desvelos. Volvieron a ocuparse de mí con renovadas esperanzas y una alegría conmovedora, casi patética. Me pidieron que tradujera y explicase algunas escenas de *Fausto* y *Hamlet,* cosa que hice con verdadera fruición y, me gusta creerlo, con alguna lucidez. El segundo esfuerzo tenaz lo realicé durante las pocas horas consagradas a los ejercicios físicos. En esa época —quizás ahora las cosas han cambiado— nuestros profesores del Gymnasium Karl Alexander consideraban que el deporte era un lujo. Pensaban que correr detrás de un balón, o lanzarlo, como lo hacían en América y Gran Bretaña, implicaba un tremendo despilfarro de tiempo útil que se podía dedicar con más provecho al estudio. Juzgaban que dos horas semanales para vigorizar el cuerpo eran suficientes, si no excesivas. Nuestro instructor de gimnasia era un hombrecillo ruidoso y fuerte, Max Loehr, conocido como Max Músculos, que se sentía ansioso por desarrollar nuestro tórax y nuestros brazos y piernas el máximo posible en el escaso tiempo del que disponía. Para este fin contaba con tres instrumentos de tortura famosos en todo el mundo: la barra fija, las paralelas y el caballo con aros. El régimen habitual consistía en correr alrededor del gimnasio, y en hacer a continuación algunas flexiones y extensiones. Después de este calentamiento, Max Músculos pasaba a su aparato favorito, la barra fija, y nos enseñaba algunos ejercicios, que para él eran tan fáciles como saltar desde un tronco, pero que para la mayoría de nosotros eran inmensamente difíciles. Por lo general le pedía al más ágil de los chicos que lo emulara y a veces me elegía a mí, pero en los últimos meses había convocado con más frecuencia a Eisemann, a quien le encantaba alardear y quería ser, a toda costa, oficial de la Reichswehr.

El día en cuestión yo estaba resuelto a intentarlo. Max Músculos casi siempre retornaba a la barra fija, se cuadraba debajo de ella, estiraba los brazos hacia arriba y después saltaba con elegancia, colgándose con sus garras de hierro. A continuación alzaba lentamente el cuerpo, centímetro a centímetro, con increíble desenvoltura y destreza, hasta llegar a la barra y entonces descansar sobre ella. Luego viraba a la derecha, proyectaba ambos brazos hacia fuera, volvía a la posición anterior, viraba a la izquierda y descansaba nuevamente. Pero de pronto parecía caer, y se colgaba un momento suspendido por las rodillas, casi tocando el suelo con las manos. Empezaba a columpiarse poco a poco, y después con creciente rapidez, hasta volver a ocupar su lugar sobre la barra, y entonces, con un movimiento veloz y prodigioso, se arrojaba al vacío para caer sobre las puntas de los pies con un sordo impacto apenas audible. Gracias a su pericia esta proeza parecía fácil, aunque en verdad exigía un control absoluto, un derroche de equilibrio y no poco valor. De estas tres cualidades, yo contaba con una dosis de las dos primeras, pero no me atrevo a decir que fuera muy valeroso. A menudo, en el último momento, dudaba de si podría hacerlo. Apenas me atrevía a soltarme, y cuando lo hacía nunca se me ocurría pensar que debía aproximarme, aunque sólo fuera remotamente, a la perfección de Max Músculos. La diferencia era la misma que existía entre un malabarista capaz de mantener seis bolas en el aire y otro que se daba por satisfecho si podía mantener tres.

En esa ocasión me adelanté apenas Max hubo concluido su demostración y lo miré fijamente a los ojos. Vaciló un segundo y luego dijo:

—Schwarz.

Me encaminé lentamente hacia la barra, me cuadré y salté. Mi cuerpo, como el de él, descansó sobre el travesaño. Miré en torno, vi a Max debajo de mí, preparado para intervenir si resultaba necesario. Mis condiscípulos observaban en silencio. Miré a Hohenfels, y cuando vi que me enfocaba con sus ojos, alcé el cuerpo de derecha a izquierda y de izquierda a derecha, me colgué de las rodillas, me columpié hacia arriba y descansé durante un segundo sobre la barra. No tenía miedo y sólo alimentaba una intención y un deseo. Iba a hacerlo por *él.* De pronto erguí mi cuerpo, salté sobre el travesaño, volé por el aire... y luego *¡plaf!*

Por lo menos estaba en pie.

Aunque hubo risitas contenidas, algunos aplaudieron. Después de todo, no eran tan malos..., al menos algunos.

Mientras permanecía muy quieto le miré a *él.* Es superfluo aclarar que Konradin no se había reído. Tampoco había aplaudido. Pero me miraba a *mí.*

Pocos días después llevé a la escuela unas cuantas monedas griegas que formaban parte de una colección que había empezado a reunir a los doce años. Se trataba de un dracma corintio de plata, de una lechuza de Palas Atenea y de una cabeza de Alejandro Magno, y apenas él se aproximó a su pupitre simulé estudiarlas con una lupa. Me vio observándolas y, tal como yo había esperado, su curiosidad fue más fuerte que su circunspección. Me preguntó si podía mirarlas. Al ver cómo manipulaba las monedas, me di cuenta de que no era un profano: las trataba con la ternura que los coleccionistas reservan para los objetos amados y las miraba con la expresión devota y acariciadora típica de aquéllos. Me dijo que él también era aficionado a la numismática, y que tenía la lechuza pero no mi cabeza de Alejandro. También tenía algunas monedas que a mí me faltaban.

En ese momento nos interrumpió la entrada del profesor, y cuando empezó el recreo de las diez, Konradin parecía haber perdido interés en el tema y salió de clase sin siquiera mirarme. A pesar de eso, me sentía feliz. Era la primera vez que me hablaba y estaba resuelto a que no fuera la última.

5

Al cabo de tres días, el 15 de marzo —siempre recordaré la fecha—, volvía a casa desde la escuela. Era una tarde primaveral, fresca y apacible. Los almendros estaban en pleno florecimiento, los azafranes se habían abierto y el cielo tenía un color azul pastel y verde marino: un firmamento septentrional con un toque italiano. Vi a Hohenfels delante de mí y me pareció que titubeaba y esperaba a alguien. Acorté el paso, porque temía alcanzarlo, pero tuve que seguir avanzando, ya que habría parecido ridículo no hacerlo, y él habría podido interpretar erróneamente mi indecisión. Cuando estuve casi a su altura, se volvió y me sonrió. Entonces, con un movimiento extrañamente torpe y vacilante, estrechó mi mano temblorosa.

—Hola, Hans —murmuró, y de pronto comprendí, con júbilo, alivio y asombro, que era tan tímido como yo y que necesitaba un amigo con la misma intensidad que yo.

No recuerdo mucho de lo que Konradin me dijo ese día, ni de lo que yo le dije a él. Lo único que sé es que caminamos de un lado a otro durante una hora, como dos jóvenes amantes, todavía con miedo recíproco, si bien yo sabía de alguna manera que ése no era más que el comienzo y que a partir de ese instante mi vida ya no sería hueca ni tediosa, sino que estaría llena de esperanzas y satisfacciones para ambos.

Cuando por fin lo dejé, fui corriendo hasta mi casa. Reía, hablaba solo, quería gritar y cantar, y tuve que hacer un gran esfuerzo para no decirles a mis padres cuán feliz era, y que toda mi vida había cambiado, y que ya no era pobre sino rico como Creso. Afortunadamente, mis padres estaban demasiado preocupados para notar el cambio que se había producido en mí. Se habían acostumbrado a mi estado de ánimo melancólico, a mis respuestas evasivas y mis silencios prolongados, que atribuían a los «dolores del crecimiento» y a la misteriosa transición de la adolescencia a la edad adulta. Alguna que otra vez mi madre había intentado atravesar mis defensas y en un par de ocasiones había tratado de acariciarme el cabello, pero hacía mucho que había desistido, desalentada por mi obstinación y mi falta de respuesta.

Sin embargo, poco después se produjo en mí una reacción. Dormí mal, porque tenía miedo de la mañana. ¿Quizás él ya me había olvidado, o se había arrepentido de su capitulación? ¿Quizás había sido un error permitir que descubriera hasta qué punto necesitaba su amistad? ¿Debería haber sido más prudente, más reservado? ¿Acaso les había hablado a sus padres de mí y ellos le habían exhortado a no confraternizar con un judío? Seguí torturándome así, hasta que por fin me sumí en un sueño inquieto.

6

Pero todos mis temores resultaron infundados.

Apenas entré en el aula, Konradin se acercó directamente y se sentó junto a mí. El placer que experimentó al verme era tan auténtico, tan inconfundible, que aun yo, pese a mis recelos innatos, deseché todo temor. Sus palabras me convencieron de que había dormido muy bien y de que no había desconfiado en ningún momento de mi sinceridad, y me sentí avergonzado de haber puesto en duda la suya.

A partir de ese día fuimos inseparables. Siempre salíamos juntos de la escuela —nuestras casas estaban en la misma dirección—, y él me esperaba por la mañana. La clase, al principio atónita, no tardó en aceptar nuestra amistad..., excepto en el caso de Bollacher, quien más tarde nos apodó «Cástor y Pólak», y el «Caviar», que resolvió condenarnos al ostracismo.

Los meses siguientes fueron los más dichosos

de mi vida. Llegó la primavera y toda la comarca se convirtió en un macizo de flores, flores de cerezo y manzano, de peral y melocotonero, al tiempo que los álamos adquirían su color plateado y los sauces el amarillo limón. Las onduladas y serenas colinas azules de Suabia estaban tapizadas por viñedos y huertos, y coronadas por castillos, y esas pequeñas ciudades medievales tenían ayuntamientos con gabletes altos, y desde sus fuentes miraban —montados sobre pilares y rodeados por monstruos que arrojaban agua— rígidos, cómicos y bien pertrechados y bigotudos duques o condes suabos, que ostentaban nombres como Eberhardt el Bienamado o Ulrich el Terrible; y el Neckar fluía plácidamente alrededor de islas cubiertas de sauces. Y todo ello comunicaba una sensación de paz, de confianza en el presente y de esperanza en el futuro.

Los sábados, Konradin y yo acostumbrábamos a embarcarnos en un tren lento e íbamos a pasar la noche en una de las muchas antiguas posadas en las que el material esencial de construcción eran los troncos, donde podíamos encontrar una habitación barata y aseada, excelente comida y vino de la comarca. A veces íbamos a la Selva Negra, donde los bosques umbríos, que olían a setas y a las lágrimas de resina ambarina, eran atravesados por una red de arroyos poblados de truchas, sobre cuyas márgenes se levantaban los aserraderos. A veces vagabundeábamos hasta las cumbres de las montañas y en la lejanía azulada alcanzábamos a divisar el valle del impetuoso Rin, los Vosgos de color azul lavanda y el campanario de la catedral de Estrasburgo. O el Neckar nos tentaba con

> suaves brisas, mensajeras de Italia,
> y tú con todos tus chopos, río amado

o el Danubio con sus

> árboles de flores blancas
> y rojizas y más oscuras,
> silvestres, cargados de verde follaje.

A veces optábamos por el Hegau, donde había siete volcanes extinguidos, o por el lago Constanza, el más ensoñador de todos. En una ocasión fuimos a Hohenstaufen y Teck y Hohenfels. No quedaba una piedra de aquellas fortalezas, ni tampoco una huella para marcar el camino que los cruzados habían seguido hasta Bizancio y Jerusalén. A escasa distancia de allí estaba Tubinga, donde Hölderlin-Hiperión, el poeta que más venerábamos, había pasado treinta y seis años de su vida fuera de sus cabales, *entrückt von den Göttern*, raptado por los dioses. Al mirar desde lo alto de la torre la morada de Hölderlin, su mansa prisión, recitábamos nuestro poema favorito:

> Decorada con peras amarillas
> y preñada de rosas silvestres
> la comarca se refleja en el lago.
> Dulces cisnes,
> ebrios de besos
> zambullís vuestra cabeza
> en las aguas sacrosantas y sosegadas.
>
> Ay de mí, ¿dónde puedo buscar
> en invierno las flores
> y dónde el fulgor del sol
> y la sombra de la tierra?
> Los muros se levantan
> silenciosos y fríos,
> heladas banderas tintinean al viento.

7

Y así pasaron los días y los meses sin que nada perturbara nuestra amistad. Desde fuera de nuestro círculo mágico llegaban rumores de conmoción política, pero el ojo de la tormenta estaba lejos: en Berlín, donde, según las informaciones, se producían choques entre nazis y comunistas. Stuttgart parecía el lugar tranquilo y sensato de siempre. Es cierto que de cuando en cuando se producían pequeños incidentes. Aparecían esvásticas en las paredes, hostigaban a un ciudadano judío, apaleaban a unos pocos comunistas, pero la vida en general se desarrollaba como de costumbre.

Los *Höhenrestaurants*, la ópera, los cafés al aire libre estaban abarrotados. Hacía calor, los viñedos estaban cargados de uvas, y los manzanos empezaban a encorvarse bajo el peso de la fruta madura. La gente conversaba acerca de los lugares adonde iría a pasar sus vacaciones: mis padres mencionaban Suiza y Konradin me dijo que se reuniría con sus padres en Sicilia. Aparentemente, no había nada de que preocuparse. La política era cuestión de adultos y nosotros debíamos resolver nuestros propios dilemas. Y a nuestro juicio, entre éstos el más apremiante consistía en descubrir la mejor forma de aprovechar la vida, lo cual era muy distinto a dilucidar qué sentido tenía, si es que tenía alguno, y cuál sería la condición humana en ese cosmos alarmante e inconmensurable. Éstos eran los problemas de trascendencia auténtica y eterna, mucho más importantes para nosotros que la existencia de figuras tan efímeras y ridículas como Hitler y Mussolini.

Fue entonces cuando sucedió algo que nos conmovió profundamente a ambos y que influyó mucho en mí.

Yo siempre había dado por supuesta la existencia de un Dios todopoderoso y benévolo, creador del Universo. Mi padre nunca me hablaba de religión, y no se inmiscuía en mis creencias. En una ocasión oí, sin proponérmelo, cómo le decía a mi madre que, no obstante la ausencia de pruebas contemporáneas, él creía que había existido un Jesús histórico, un maestro judío de moral, muy sabio y dulce, un profeta como Jeremías o Ezequiel, pero que le resultaba absolutamente inconcebible que alguien pudiera definir a ese Jesús como «Hijo de Dios». Le parecía blasfema y repulsiva la idea de un Dios omnipotente capaz de contemplar pasivamente cómo Su Hijo padecía esa muerte cruel y lenta en la cruz, la idea de un «Padre Divino» menos propenso que un padre humano a correr en ayuda de su hijo.

Sin embargo, aunque mi padre había declarado no creer en la divinidad de Cristo, sospecho que era más agnóstico que ateo, y que si yo hubiera querido convertirme al cristianismo no se habría opuesto..., no con mayor vehemencia, en verdad, que si hubiera decidido convertirme al budismo. Por otro lado, estoy seguro de que habría procurado impedir que me transformara en un monje de cualquier confesión, por considerar que la vida monástica y contemplativa era irracional y un desperdicio.

En cuanto a mi madre, parecía flotar muy satisfecha en un estado de confusión. Acudía a la sinagoga el Día del Perdón, pero cantaba *Stille Nacht, Heilige Nacht* en Navidad. Acostumbraba a hacer donaciones a judíos para ayudar a los niños judíos de Polonia, y a los cristianos para la catequización de los judíos. Cuando era pequeño me había enseñado algunas oraciones sencillas en las que imploraba a Dios que me ayudara y que fuera misericordioso con papá, mamá y nuestro gatito. Eso era casi todo. Al igual que mi padre, parecía no necesitar ninguna religión, pero era trabajadora, buena y generosa, y estaba convencida de que seguramente su hijo seguiría el ejemplo de ellos dos. Y así me crié entre judíos y cristianos, entregado a mí mismo y con mis propias ideas acerca de Dios, sin creer de manera vehemente y sin poner seriamente en duda la existencia de un espíritu rector benévolo y omnímodo, ni el hecho de que el mundo era el centro único del Universo y de que nosotros, judíos y gentiles, éramos los hijos favoritos de Dios.

Nuestros vecinos eran los Bauer, quienes tenían dos hijas de cuatro y siete años, y un hijo de doce. No había intimado con ellos —los niños eran demasiado pequeños para que yo los hiciera partícipes de mis juegos—, pero los conocía de vista y había observado a menudo, no sin envidia, cómo padres e hijos retozaban juntos en el jardín. Recuerdo vívidamente cómo el padre empujaba a una de las niñitas, sentada en un columpio, que se remontaba a una altura cada vez mayor, y cómo el vestido blanco y la cabellera rojiza de la chiquilla parecían una vela encendida al desplazarse a gran velocidad entre las frescas hojas verdes de los manzanos.

Una noche en que los padres estaban fuera y la criada había salido a hacer un recado, la casa, de madera, se incendió con una celeridad tan despiadada que, antes de que pudiera llegar el camión de bomberos, las criaturas ya habían muerto calcinadas. Yo no vi el incendio ni oí los alaridos de la criada y la madre. Sólo me enteré al día siguiente, cuando vi las paredes ennegrecidas, las muñecas incineradas y las cuerdas chamuscadas del columpio, que colgaban como serpientes del árbol achicharrado.

Ese hecho me conmovió de una forma como ninguna otra cosa me había conmovido antes. Había oído hablar de terremotos que causaban miles de víctimas, de torrentes de lava hirviente que sepultaban aldeas, de océanos que devoraban islas. Había leído que el río Amarillo había ahogado a un millón de personas, y el Yang-tsé, a dos millones. Sabía que un millón de soldados había muerto en Verdún. Mas todo eso eran simples abstracciones: números, estadísticas, datos informativos. Era imposible sufrir por un millón de personas.

En cambio, conocía a estas tres criaturas, las había visto con mis propios ojos..., lo cual era totalmente distinto. ¿Qué habían hecho ellas, qué habían hecho sus pobres padres, para merecer semejante castigo?

Me parecía que sólo quedaban dos alternativas: o Dios no existía, o había una deidad, monstruosa si disfrutaba de poder, e inservible en el caso de ser impotente. En aquel mismo instante me abandonó de una vez para siempre la fe en la existencia de un ser superior benévolo.

Hablé de esto con mi amigo, en explosiones vehementes y angustiosas. Él, educado según los principios de una estricta fe protestante, se negaba a aceptar lo que en ese momento me parecía la única conclusión lógica, a saber, que no existía un Padre divino, y que si existía no le importaba para nada la humanidad y por tanto era tan inútil como cualquier dios pagano. Konradin admitía que lo que había sucedido era espantoso, y que él no le encontraba explicación. No obstante, perseveraba, tenía que existir una respuesta, pero nosotros éramos demasiado jóvenes e inexpertos para hallarla. Semejantes catástrofes se producían desde hacía millones de años, y hombres mucho más sabios e inteligentes que nosotros, sacerdotes, obispos y santos, las habían discutido y les habían encontrado explicación. Debíamos aceptar su mayor lucidez y ser humildemente sumisos.

Yo rechazaba de manera tajante todos esos argumentos y le decía que me importaban un bledo las disquisiciones de esos viejos farsantes. Nada, absolutamente nada, podía explicar o disculpar que dos chiquillas y un niño pequeño murieran abrasados.

—¿No los ves arder? —gritaba yo, desesperado—. ¿No oyes sus gritos? Y tienes la audacia de defenderlo porque careces del valor suficiente para vivir sin tu Dios. ¿Para qué nos sirve, a ti o a mí, un Dios impotente, despiadado? ¿Un Dios que se sienta en las nubes y tolera la malaria y el cólera, el hambre y la guerra?

Konradin respondía que él, personalmente, no podía darme una explicación racional, pero que consultaría a su pastor, y pocos días después volvió apaciguado. Mis palabras correspondían a una mente infantil, inmadura y poco educada, y él había recibido la orden de no escuchar tales blasfemias. El pastor había dado una respuesta completa y satisfactoria a todas sus preguntas.

Pero o bien el pastor no había dado una explicación suficientemente clara, o Konradin no la había entendido: fuera como fuere, no podía transmitírmela en términos inteligibles. Hablaba mucho acerca del mal, y decía que éste era indispensable para apreciar el bien, así como no habría belleza sin fealdad, pero no lograba convencerme y nuestras discusiones terminaban en un punto muerto.

Quiso la casualidad que precisamente en ese momento iniciara mis lecturas acerca de los años luz, las nebulosas, las galaxias, otros soles miles de veces mayores que el nuestro, millones o miles de millones de estrellas, planetas miles de veces más grandes que Marte y Venus, Júpiter y Saturno. Y por primera vez comprendí con claridad que yo era una partícula de polvo y que nuestro mundo no era más que un guijarro confundido en una playa con otros millones de guijarros semejantes. Esto enriqueció el conjunto de mis argumentos y reforzó mi convicción de que Dios no existía: ¿cómo podía interesarse por lo que ocurría en tantos cuerpos celestes? Y el nuevo descubrimiento, combinado con la conmoción que me produjo la muerte de los niños, gestó, después de un periodo de total desesperación, otro de curiosidad apasionada. Ahora, al parecer, el problema crucial ya no consistía en saber lo que era la vida, sino en resolver qué hacer con esa existencia despreciable y sin embargo singularmente valiosa. ¿Cómo debíamos vivirla? ¿Con qué objetivo? ¿Sólo para nuestro propio provecho? ¿En beneficio de la humanidad? ¿Cómo sacar el máximo provecho de ese torpe engendro?

Todo eso lo discutíamos casi a diario, mientras nos paseábamos solemnemente por las calles de Stuttgart, a menudo mirando el cielo, en dirección a Betelgeuse y Aldebarán, que nos devolvían la mirada con ojos ofídicos, refulgentes, helados, burlones, separados de nosotros por millones de años luz.

Pero éste no era más que uno de los temas que debatíamos. También teníamos intereses menos trascendentes, que parecían mucho más importantes que la certidumbre de que la Tierra se extinguiría, para lo cual faltaban millones de años, y de que nosotros mismos moriríamos, para lo cual parecía faltar aún más tiempo. Allí estaban nuestro común interés por los libros y la poesía, nuestro descubrimiento del arte, el impacto del posimpresionismo y el expresionismo, el teatro y la ópera.

Y hablábamos de chicas. Con respecto a los patrones actuales de experiencia adolescente, nuestra actitud era increíblemente ingenua. Para nosotros, las muchachas eran seres superiores de fabulosa pureza, seres a los que sólo se podía dispensar el trato que les habían dado los trovadores, con fervor caballeresco y adoración distante.

Yo conocía a pocas jóvenes. En casa veía ocasionalmente a dos primas adolescentes, criaturas insípidas que no guardaban la menor semejanza con Andrómeda o Antígona. A una de ellas sólo la recuerdo porque nunca dejaba de engullir tartas de chocolate, y a la otra porque parecía perder la voz apenas yo asomaba. Konradin era más afortunado. Por lo menos conocía a muchachas con nombres emocionantes como condesa von Platow, baronesa von Henkel Donnersmark, e incluso una tal Jeane de Montmorency que, según me confesó, se le había aparecido más de una vez en sueños.

En la escuela no se hablaba mucho de mujeres. Ésta era, por lo menos, nuestra impresión (la de Konradin y la mía), aunque posiblemente se desarrollaban toda clase de enredos sin que nos enteráramos, puesto que nosotros dos, como el «Caviar», nos manteníamos muy aislados. Sin embargo, al volver la vista atrás, sigo pensando que la mayoría de los muchachos, incluso aquellos que se jactaban de sus aventuras, eran bastante tímidos con las chicas. Aún no existía la televisión para introducir el sexo en el seno de la familia.

Pero no me interesa poner de manifiesto los méritos de una inocencia como la nuestra, que menciono únicamente como otro aspecto de nuestra vida en común. Al describir nuestros intereses, congojas, alegrías y problemas capitales, sólo me propongo evocar y dar a conocer cuál era nuestro estado de ánimo.

Los problemas procurábamos resolverlos solos y sin ayuda. Nunca se nos ocurría consultar a nuestros padres. Estábamos convencidos de que ellos pertenecían a otro mundo y no nos entenderían o se negarían a tomarnos en serio. Casi nunca hablábamos de ellos: parecían tan remotos como las nebulosas, demasiado adultos, demasiado cristalizados en convenciones de una u otra índole. Konradin sabía que mi padre era médico, y yo que el suyo había sido embajador en Turquía y Brasil, pero no sentíamos curiosidad por averiguar ninguna otra cosa, y quizás eso explicara por qué nunca habíamos visitado nuestras respectivas casas. Muchas de nuestras discusiones se desarrollaban mientras íbamos y veníamos por las calles, nos sentábamos en los bancos o nos cobijábamos en los portales para protegernos de la lluvia.

Un día, mientras estábamos frente a mi casa, pensé que Konradin nunca había visto mi cuarto, mis libros y colecciones, de modo que le dije, impulsivamente:

—¿Por qué no entras?

Titubeó un segundo, porque no esperaba mi invitación, pero me siguió.

8

La casa de mis padres, una modesta villa construida con la piedra de la región, se levantaba en medio de un pequeño huerto lleno de cerezos y manzanos, en lo que se conoce por el nombre de *Die Höhenlage* de Stuttgart. Allí se levantaban las casas de la burguesía acomodada o rica de la ciudad, una de las zonas más bellas y prósperas de Alemania. Circundada por colinas y viñedos, descansa en un valle tan angosto que sólo hay unas pocas calles a nivel del suelo, en tanto que la mayoría empiezan a trepar por las laderas apenas uno sale de la Königstrasse, la calle mayor de Stuttgart. Quien miraba desde lo alto de los cerros contemplaba un espectáculo maravilloso: millares de villas, el viejo y nuevo *Schloss,* la Stiftskirche, la ópera, los museos y los que entonces eran los parques reales. Por todas partes había *Höhenrestaurants* con grandes terrazas donde los habitantes de Stuttgart pasaban las calurosas veladas de verano, bebiendo vino del Neckar o el Rin y hartándose de comida: ternera y ensalada de patatas, escalopa *Holstein, Bodenseefelchen,* truchas de la Selva Negra, hígado caliente y morcillas con chucrut, lomo de corzo con arándanos, *tournedós* con salsa *béarnaise,* y Dios sabe cuántas cosas más, todo esto seguido por deliciosas tortas acompañadas de crema batida. Si se molestaban en levantar la vista de la mesa podían ver, entre los árboles y los arbustos de laurel, los bosques que se extendían a lo largo de kilómetros, y el Neckar que fluía lentamente entre acantilados, castillos, álamos, viñedos y ciudades antiguas, hacia Heidelberg, el Rin y el Mar del Norte. Cuando caía la noche el espectáculo era tan prodigioso como la contemplación de Florencia desde Fiesole: millares de luces, la atmósfera cálida e impregnada por la fragancia del jazmín y las lilas, y por todas partes las voces, los cantos y las risas de los ciudadanos satisfechos, ligeramente aletargados por el exceso de comida, o enamorados por el exceso de bebida.

En la ciudad sofocante las calles ostentaban nombres que les recordaban a los suabos su rica herencia —Hölderlin, Schiller, Mörike, Uhland, Wieland, Hegel, Schelling, David Friedrich Strauss, Hesse—, reforzando su convicción de que fuera de Wurtemberg la vida apenas era digna de ser vivida, y de que ningún bávaro, ningún sajón y menos aún un prusiano estaba a la altura de ellos. Y semejante orgullo no era totalmente injustificado. Esta ciudad de menos de medio millón de habitantes tenía más salas de ópera, mejores teatros, museos más importantes y una vida más fecunda que Manchester o Birmingham, Burdeos o Toulouse. Continuaba siendo una capital aun sin rey, circundada por pequeñas ciudades y castillos con nombres como Sanssouci y Monrepos, no lejos de Hohenstaufen y Teck y Hohenzollern y la Selva Negra, y del Bodensee, de los monasterios de Maulbronn y Beuron, y de las iglesias barrocas de Zwiefalten, Heresheim y Birnau.

9

Desde nuestra casa sólo alcanzaba a ver los jardines y los tejados rojos de las villas cuyos propietarios eran más prósperos que nosotros y podían darse el lujo de disfrutar del panorama, pero mi padre había resuelto que un día llegaríamos a estar a la altura de las familias patricias. Mientras tanto, debíamos conformarnos con nuestra casa, que tenía calefacción central, cuatro dormitorios, comedor, jardín de invierno y una habitación que hacía las veces de consultorio de mi padre.

Mi habitación estaba en el segundo piso y yo la había decorado a mi gusto. En las paredes había unas pocas reproducciones: *El muchacho del chaleco rojo,* de Cézanne; unos pocos grabados japoneses y *Los girasoles* de Van Gogh. Luego los libros: los clásicos alemanes, Schiller, Kleist, Goethe, Hölderlin, y por supuesto «nuestro» Shakespeare, así como Rilke, Dehmel y George. Mi colección de libros franceses incluía a Baudelaire, Balzac, Flaubert y Stendhal, y la de los rusos toda la obra de Dostoievski, Tolstói y Gógol. En un rincón, en una vitrina, estaban mis colecciones: monedas, corales rojo-rosados, hematites y ágatas, topacios, granates, malaquitas, un trozo de lava de Herculano, el diente de un león, una garra de tigre, un fragmento de piel de foca, una fíbula romana, dos fragmentos de vidrio romano (hurtados de un museo), una teja romana con la inscripción LEG XI, y un molar de elefante.

Ése era mi mundo, un mundo que yo creía absolutamente seguro e indudablemente eterno. Claro está, no podía remontar mi linaje a Barbarroja..., ¿qué judío podía hacerlo? Pero sabía que los Schwarz habían vivido por lo menos doscientos años en Stuttgart, quizá más. ¿Quién podría haberlo demostrado, si no había documentos? ¿Quién sabía de dónde provenían? ¿De Kiev o de Vilna, de Toledo o de Valladolid? ¿En qué tumbas perdidas entre Jerusalén y Roma, Bizancio y Colonia, se pudrían sus huesos? ¿Acaso existía la certeza de que no habían llegado allí antes que los Hohenfels? Pero éstas eran cuestiones tan intrascendentes como la canción que David le había cantado al rey Saúl. Entonces sólo sabía que ése era *mi* país, *mi* terruño, sin principio ni fin, y que ser judío no tenía mayor importancia que nacer con cabello oscuro y no rojo. En primer lugar éramos suabos, luego alemanes y después judíos. ¿Qué otro sentimiento podía yo alimentar? ¿Qué otro sentimiento podía alimentar mi padre? ¿O el abuelo de mi padre? No éramos pobres *Pollacken* perseguidos en otro tiempo por el zar. Por supuesto, no podíamos ni queríamos negar que éramos de «origen judío», así como a nadie se le habría ocurrido negar que mi tío Henri, a quien no veíamos desde hacía diez años, era miembro de la familia. Pero este «origen judío» significaba poco más que el hecho de que una vez al año, en el Día del Perdón, mi madre habría de acudir a la sinagoga y mi padre habría de abstenerse de fumar y viajar, no por ser practicante del judaísmo sino porque no quería herir los sentimientos de los demás.

Aún recuerdo una violenta discusión entre mi padre y un sionista que había venido a recaudar dinero para la causa. Mi padre aborrecía el sionismo. Esa sola idea le parecía demencial. A su juicio, era tan absurdo reclamar Palestina después de dos mil años como lo habría sido que los italianos reclamaran Alemania porque en otra época la habían ocupado los romanos. Eso sólo podría desembocar en una matanza interminable y los judíos deberían combatir a todo el mundo árabe. Y al fin y al cabo, ¿qué podía unirle a él, un habitante de Stuttgart, con Jerusalén?

Cuando el sionista mencionó a Hitler y le preguntó a mi padre si eso no hacía vacilar su confianza, mi padre dijo:

—En absoluto. Conozco a mi Alemania. Ésta es una enfermedad pasajera, algo parecido al sarampión, que finalizará apenas mejore la situación económica. ¿Usted piensa realmente que los compatriotas de Goethe y Schiller, de Kant y Beethoven, se dejarán engatusar por esa bazofia? ¿Cómo se atreve a insultar la memoria de doce mil judíos que murieron por nuestra patria? *Für unsere Heimat?*

Cuando el sionista acusó a mi padre de ser un «asimilacionista típico», él le respondió lleno de orgullo:

—Sí, soy asimilacionista. ¿Qué tiene eso de malo? Yo quiero identificarme con Alemania. Sin duda, apoyaría la total absorción de los judíos por los alemanes si pudiera convencerme de que ello redundaría definitivamente en beneficio de Alemania, pero tengo algunas dudas. Me parece que los judíos, al no integrarse del todo, siguen actuando como catalizadores, y enriquecen y fecundan la cultura alemana como lo hicieron antaño.

Al oír esto, el sionista dio un respingo. Era más de lo que podía tolerar. Mientras se golpeaba la frente con el dedo índice derecho, exclamó en voz alta:

—Un *meschugge* completo. —Y recogió sus panfletos, sin dejar de golpearse la frente con el dedo.

Nunca había visto tan furioso a mi padre, que era habitualmente plácido y pacífico. A su juicio, ese hombre era un traidor a Alemania, el país por el cual mi padre, herido dos veces en la primera guerra mundial, estaba dispuesto a luchar de nuevo.

10

Qué bien entendía (y sigo entendiendo) a mi padre. ¿Cómo era posible que él, o algún otro individuo del siglo XX, creyera en el diablo y el infierno? ¿O en los espíritus malignos? ¿Por qué habría de cambiar el Rin y el Mosela, el Neckar y el Meno, por las indolentes aguas del Jordán? Para él, los nazis no eran más que una dermatitis en un cuerpo sano, y bastaría aplicar unas pocas inyecciones, dejar reposar al paciente y permitir que la naturaleza siguiera su curso. ¿Y qué motivo tenía para preocuparse? ¿Acaso no era un médico conocido, al que judíos y gentiles respetaban por igual? ¿Acaso cuando había cumplido cuarenta y cinco años no le había visitado una delegación de ciudadanos eminentes, encabezada por el alcalde? ¿Acaso el *Stuttgarter Zeitung* no había publicado su fotografía? ¿Y un grupo de gentiles no le había cantado a modo de serenata *Eine kleine Nachtmusik*? ¿Y no tenía un talismán infalible? La Cruz de Hierro de Primera Clase colgada sobre su cama y su espada de oficial junto a la foto de la Goethe-Haus, en Weimar.

11

Mi madre estaba demasiado atareada para preocuparse por los nazis, los comunistas y otras gentes desagradables, y si mi padre no tenía dudas acerca de su condición de alemán, mi madre las tenía aún menos, si eso era posible. Sencillamente, no le entraba en la cabeza la idea de que un ser humano cuerdo pudiera poner en duda el derecho que le asistía a ella de vivir y morir en ese país. Provenía de Núremberg, donde había nacido su padre, que era abogado, y aún hablaba alemán con acento de Franconia (decía *Gäbelche,* «tenedorcillo», en lugar de *Gäbele,* y *Wägelche,* «cochecito», en lugar de *Wägele).* Una vez por semana se reunía con sus amigas, casi todas esposas de médicos, abogados y banqueros, para comer tortas caseras de chocolate y crema *mit Schlagsahne,* para beber incontables cafés *mit Schlagsahne,* y para chismorrear acerca de la servidumbre, los asuntos familiares y las piezas teatrales que habían visto.

Una vez cada quince días iba a la ópera, y una vez al mes iba al teatro. Tenía poco tiempo para leer, pero de cuando en cuando venía a mi cuarto, contemplaba con ternura mis libros, cogía uno o dos de la biblioteca, les quitaba el polvo y volvía a colocarlos en su lugar. Luego me preguntaba cómo marchaban mis estudios, a lo cual yo siempre respondía «muy bien» con voz áspera, y me dejaba solo, llevándose consigo los calcetines que necesitaban un zurcido o los zapatos que exigían un remiendo. A veces, con un movimiento nervioso, apoyaba una mano a modo de prueba sobre mi hombro, pero esto lo hacía cada vez más esporádicamente, porque intuía mi resistencia incluso a esa leve exhibición de sentimientos. Sólo cuando estaba enfermo, su compañía me resultaba aceptable y disfrutaba con gratitud de su ternura reprimida.

12

Pienso que mis progenitores tenían un excelente aspecto físico. Mi padre, con su frente alta, su cabello gris y su bigote corto, tenía un porte distinguido, y parecía tan poco «judío» que en una ocasión, en un tren, un miembro de las SA lo invitó a afiliarse al Partido Nazi. Y ni siquiera yo, su hijo, podía dejar de notar que mi madre —nunca muy ostentosa— era una mujer muy bella. Nunca he olvidado cómo una noche, cuando yo tenía seis o siete años, entró en mi cuarto para darme un beso de despedida. Estaba ataviada para ir a un baile y la miré como si fuera una extraña. Me aferré a su brazo, me negué a soltarme y me eché a llorar, lo cual la inquietó mucho. ¿Podría haber entendido entonces que no me sentía desdichado ni enfermo, sino que mi problema consistía en que la veía objetivamente, por primera vez en mi vida, como una mujer atractiva por derecho propio?

Cuando entró Konradin, lo conduje hasta la escalera con la intención de hacerle pasar directamente a mi cuarto, sin presentárselo antes a mi madre. En ese momento no supe con exactitud por qué procedía así, pero hoy me resulta más fácil entender el motivo por el cual traté de introducirlo furtivamente. Sentía, de alguna manera, que era mío y sólo mío, y no quería compartirlo con nadie. Y a lo mejor pensé —lo cual me hace ruborizar aún ahora— que mis padres no eran lo bastante «ilustres». Nunca me había avergonzado de ellos —en verdad, siempre me habían inspirado bastante orgullo— y ahora me horrorizaba descubrir que me comportaba, a causa de Konradin, como un infame pequeño engreído. Durante un segundo casi le tuve antipatía porque comprendí que él era el responsable. Era su presencia la que me inspiraba esa actitud, y si desdeñaba a mis padres me despreciaba aún más a mí mismo. Pero en el preciso momento en que llegué a la escalera, mi madre, que debió de oír mis pisadas, me llamó. No había escapatoria posible. Tuve que presentárselo.

Lo llevé a nuestra sala, con su alfombra persa, sus macizos muebles de roble, sus platos azules de Meissen y sus copas de vino de pie alto, purpúreas y azules, alineadas sobre un aparador. Mi madre estaba sentada en el «jardín de invierno», debajo de un ficus, zurciendo un par de calcetines, y no demostró ninguna sorpresa al vernos a mí y a mi amigo. Cuando dije: «Mamá, éste es Konradin von Hohenfels», ella levantó un momento la cabeza, sonrió y le tendió la mano, que él besó. Le formuló algunas preguntas, sobre todo acerca de la escuela, sus planes futuros, la universidad a la que pensaba asistir, y le manifestó que estaba muy complacida de verle en nuestra casa. Mi madre se comportó tal como yo habría deseado que se comportara y enseguida me di cuenta de que Konradin estaba satisfecho con ella. Luego lo llevé a mi cuarto, donde le mostré todos mis tesoros: los libros, las monedas, la fíbula romana y la teja romana con la inscripción LEG XI.

De pronto oí las pisadas de mi padre y éste entró en la habitación, cosa que no había hecho durante meses. Antes de que tuviera tiempo de presentarlo, mi padre hizo chocar los talones, se cuadró —casi en posición militar— y tendió la mano derecha.

—*Gestatten,* Herr conde.

Konradin estrechó la mano de mi padre, hizo una ligera reverencia, pero no habló.

—Me siento muy honrado, Herr conde —continuó mi padre—, de recibir bajo mi techo al heredero de una familia tan ilustre. Nunca he tenido el honor de conocer a su padre, pero conocí a muchos de sus amigos, y particularmente al barón von Klumpf, quien comandaba el segundo escuadrón del primer regimiento de ulanos, a Ritter von Trompeda, de los húsares, y a Putzi von Grimmelshausen, apodado «Bautz». Seguramente su Herr padre le ha hablado de Bautz, que era el amigo del alma del *Kronprinz*. Un día, según me contó Bautz, Su Alteza Imperial, cuyo cuartel general se encontraba entonces en Charleroi, lo llamó y le dijo: «Bautz, mi querido amigo, deseo pedirte un gran favor. Sabes que *Gretel*, mi chimpancé, todavía es virgen, y necesita urgentemente un marido. Quiero organizar una boda a la que invitaré a mi estado mayor. Toma tu coche, recorre Alemania, y búscame un macho sano y apuesto». Bautz hizo chocar los tacones, se cuadró, hizo la venia y respondió: «*Jawohl*, Alteza Imperial». A continuación salió, montó en el Daimler del *Kronprinz* y comenzó a recorrer todos los zoológicos. Quince días después volvió con un chimpancé enorme llamado *Jorge Quinto*. Se celebró una boda fastuosa, todos se emborracharon con champán y Bautz recibió la *Ritterkreuz* con hojas de roble. Hay otra historia que debo contarle. Un día Bautz estaba sentado junto a un tal Hauptmann

Brandt, quien en la vida civil era agente de seguros, pero siempre trataba de ser *plus royaliste que le roi,* cuando de pronto...

Y siguió hablando en los mismos términos hasta que por fin recordó que en el consultorio le aguardaban sus pacientes. Volvió a entrechocar los tacones.

—Espero, Herr conde —concluyó—, que en el futuro éste sea su segundo hogar. Por favor, transmítale mis respetos a su Herr padre.

Salió de mi cuarto con una sonrisa de satisfacción y orgullo, saludándome con una inclinación de cabeza para demostrar que estaba contento conmigo.

Me senté, aturdido, horrorizado, consternado. ¿Por qué *mi padre* había procedido así? Nunca le había visto comportarse de forma tan asombrosa. Nunca había mencionado a Trompeda ni al aborrecible Bautz. ¡Y la espantosa historia del chimpancé! ¿Había inventado todo eso para impresionar a Konradin, tal como yo había intentado impresionarle..., aunque con más sutileza? ¿Acaso él era como yo, otra víctima de la mística de los Hohenfels? ¡Y la forma de cuadrarse! ¡En homenaje a un adolescente!

Por segunda vez en menos de una hora estuve a punto de odiar a mi amigo, que, inocente, con su sola presencia había transformado a mi padre en una caricatura de su auténtica personalidad. Siempre había admirado a mi padre. Lo consideraba poseedor de muchas virtudes de las que yo carecía, tales como el valor y la lucidez. Además, conquistaba amigos con facilidad y ejecutaba sus tareas escrupulosamente. Claro que era parco conmigo, y no encontraba la manera de demostrarme su afecto, pero yo *sabía* que me quería e incluso que estaba orgulloso de mí. Y ahora había destruido este concepto y tenía motivos para avergonzarme de él. ¡Cuán ridículo había estado, cuán pomposo y servil! ¡Él, un hombre a quien Konradin debería haber respetado! Esta imagen de él, cuadrándose, saludando militarmente, «*Gestatten,* Herr conde», esta horrible escena, eclipsaría para siempre al padre-héroe del pasado. Nunca volvería a ser el hombre de antes para mí; nunca podría volver a mirarle a los ojos sin sentir vergüenza y compasión, y vergüenza de *estar* avergonzado.

Temblaba violentamente y a duras penas me las arreglé para contener las lágrimas. Alimentaba un solo deseo: el de no volver a ver jamás a Konradin. Pero éste, que probablemente intuyó lo que sucedía dentro de mi mente, parecía absorto en la contemplación de mis libros. Si no hubiera procedido así, si me hubiera hablado en ese momento, o si, peor aún, hubiera intentado consolarme, tocarme, le habría pegado. Habría insultado a mi padre y me habría puesto en descubierto como un engreído que merecía esa humillación. Pero hizo instintivamente lo que correspondía. Me dio tiempo para recuperarme, y cuando cinco minutos más tarde se volvió y me sonrió, pude devolverle la sonrisa entre mis lágrimas.

Volvió al cabo de dos días. Sin esperar una invitación colgó su chaqueta en el vestíbulo y —como si lo hubiera hecho durante toda la vida— se encaminó directamente hacia nuestra sala de estar para saludar a mi madre. Ella volvió a darle la bienvenida con el mismo talante cordial, tranquilizador, casi sin levantar la vista de sus labores, tal como lo había hecho la primera vez y como si se tratara de otro hijo. Nos sirvió café y *Streuselkuchen,* y a partir de ese día siguió visitándonos con regularidad tres o cuatro veces por semana. Se sentía relajado y feliz de hallarse entre nosotros, y lo único que empañaba mi placer era el temor de que mi padre contara más historias de Bautz. Pero él también parecía más relajado. Se acostumbró poco a poco a la presencia de mi amigo y finalmente dejó de llamarle «Herr conde» para dirigirse a él como Konradin.

13

Puesto que Konradin había visitado mi casa, yo esperaba que me invitara a la suya, pero pasaron los días y las semanas sin que tal cosa ocurriera. Siempre nos deteníamos frente a la verja de hierro coronada por dos grifos que ostentaban el escudo de armas de los Hohenfels, hasta que él se despedía, empujaba el pesado portón y se internaba por el sendero aromático, bordeado de adelfas, que conducía al porche y la entrada principal. Golpeaba ligeramente la enorme puerta negra, ésta se abría silenciosamente y Konradin desaparecía como para no resurgir jamás. A veces yo esperaba uno o dos minutos, mirando entre las rejas de hierro, esperando que Sésamo volviera a abrirse y que él se asomara de nuevo y me llamara con una seña. Pero eso nunca ocurría, y la puerta resultaba tan aterradora como los dos grifos, que me miraban desde allá arriba, crueles y despiadados, con sus garras aguzadas y sus lenguas bífidas en forma de hoces, listas para sajar mi corazón. Todos los días experimentaba la misma tortura de separación y exclusión, todos los días esa casa que encerraba la clave de nuestra amistad se tornaba más importante y misteriosa. Mi imaginación la poblaba de tesoros: estandartes de enemigos derrotados, espadas de cruzados, armaduras, lámparas que antaño habían ardido en Isfahán y Teherán, brocados de Samarcanda y Bizancio. Pero las barreras que me impedían llegar hasta Konradin parecían consolidadas definitivamente. No lo entendía. Era imposible que él —tan prudente para no infligir dolor, tan considerado, siempre dispuesto a tolerar que yo reaccionara impetuosa y agresivamente cuando discrepaba con mi *Weltanschauung*— se hubiera *olvidado* de invitarme. Y así, demasiado orgulloso para interrogarle, me sentía cada vez más preocupado y receloso, obsesionado por el deseo de penetrar en la fortaleza de los Hohenfels.

Un día, en el preciso instante en que me iba, se volvió de manera inesperada.

—Entra, no has visto mi cuarto —dijo.

Antes siquiera de que yo hubiese tenido tiempo de responder, empujó el portón de hierro y los dos grifos retrocedieron, aún amenazantes pero momentáneamente impotentes y batiendo sus alas en vano.

El hecho me aterrorizó, porque me cogió de improviso. La materialización de mis sueños se había producido con tal brusquedad que por un momento sentí deseos de escapar. ¿Cómo podría presentarme ante sus padres con los zapatos sucios y el cuello de la camisa discutiblemente pulcro? ¿Cómo podría enfrentarme a su madre, a quien había visto una vez desde lejos, una silueta negra perfilada contra un fondo de magnolias rosadas, con una tez que no era blanca sino olivácea, con ojos almendrados, haciendo rotar una sombrilla blanca en la mano derecha como si fuera una rueda de fuegos artificiales? Pero ahora no tenía más remedio que seguirle, temblando. Tal como había visto que ocurría antes en la realidad y en mis sueños, levantó la mano derecha y golpeó con suavidad la puerta, que, obedeciendo a su orden, se abrió silenciosamente para que él pudiera entrar y señalarme el camino.

Al principio pareció que nos rodeaba una oscuridad total. Luego mis ojos se acostumbraron gradualmente a ella y vi un inmenso vestíbulo, con las paredes cubiertas de trofeos de caza: enormes astas de ciervo, la cabeza de un bisonte europeo, los colmillos de color crema de un elefante cuyo pie montado en plata hacía las veces de paragüero. Colgué mi chaqueta y dejé la cartera sobre una silla. Apareció un criado que le hizo una reverencia a Konradin.

—*Der Kaffee ist serviert, Herr Graf* —dijo.

Konradin asintió con una inclinación de cabeza y subió por una escalera de roble oscuro hasta el primer piso, donde aparecieron ante mis ojos puertas cerradas, paredes artesonadas y decoradas con un cuadro que representaba la cacería del oso, con otro de un combate entre venados, con un retrato del difunto rey y con la imagen de un castillo que parecía una combinación de Hohenzollern y Neuschwanstein. Desde allí continuamos la marcha hasta el segundo piso y a lo largo de un corredor donde había más cuadros: *Lutero ante Carlos V*, *La entrada de los cruzados en Jerusalén* y *Barbarroja dormido en la montaña Kyffhäuser con su barba creciendo a través de una mesa de mármol.* Una puerta estaba abierta y vi que se trataba del aposento de una dama, con un tocador sobre el que se acumulaban frasquitos de perfume y cepillos de carey con incrustaciones de plata. Había fotografías en marcos de plata, sobre todo de oficiales, pero uno de los rostros era casi idéntico al de Adolf Hitler, lo que me produjo una violenta conmoción. Sin embargo, no tuve tiempo para investigar, y de todos modos supe que estaba equivocado, ¿qué podía hacer una foto de Hitler en la alcoba de una Hohenfels?

Por fin Konradin se detuvo y entramos en su cuarto, que era bastante parecido al mío, aunque de mayores dimensiones. Tenía una hermosa vista sobre un jardín bien cuidado, con una fuente, un templete dórico y la estatua de una diosa tapizada de liquen amarillo. Pero Konradin no me dio tiempo para contemplar el paisaje. Corrió hasta un armario, y con una ansiedad que demostraba hasta qué punto había esperado esa ocasión, y con los ojos encendidos por el disfrute anticipado de mi envidia y mi admiración, desplegó sus tesoros. Extrajo, de su lecho de algodón, la colección de monedas griegas: un Pegaso de Corinto, un Minotauro de Cnosos, monedas de Lámpsaco, y de Agrigento, Segesta y Selinunte. Y eso no era todo. Siguieron otras maravillas, más preciosas que cualquiera de las mías: una diosa de Gela, en Sicilia; un frasquito de Chipre que tenía el color y la forma de una naranja, decorado con dibujos geométricos; una figura de tanagra que representaba a una joven ataviada con una túnica y un sombrero de paja; un cuenco sirio de cristal iridiscente como un ópalo y prismático como una ortosa; una vasija romana con el color del jade lechoso verde claro; y una estatuilla griega que representaba a Hércules. Era conmovedor ver el deleite que experimentaba al poder mostrarme su colección, asistiendo a mi asombro y admiración.

El tiempo transcurrió con una rapidez asombrosa, y cuando me fui dos horas más tarde, no eché de menos a sus padres ni me detuve a pensar que tal vez no estaban en casa.

14

Aproximadamente dos semanas después volvió a invitarme. Repetimos la misma rutina placentera: conversamos, inspeccionamos, comparamos, admiramos. También esta vez sus padres parecían estar fuera de casa, lo cual, sinceramente, no me importó, porque tenía bastante miedo de encontrarme con ellos. Pero cuando el hecho se repitió por cuarta vez, empecé a sospechar que no se trataba de una simple coincidencia, y a temer que sólo me invitaba cuando sus padres estaban ausentes. Si bien me sentí un poco ofendido, no me atreví a plantearle la cuestión.

Hasta que un día recordé la fotografía del hombre que se parecía a Hitler... e inmediatamente me avergoncé de haber imaginado aunque sólo fuera por un momento que los padres de mi amigo podían tener algo en común con ese individuo.

15

Hasta que llegó un día en que ya no pude seguir dudando.

Mi madre me había regalado una entrada para ver *Fidelio*, en una producción dirigida por Furtwängler, y yo estaba sentado en platea, esperando que se levantara el telón. Los violines empezaron a afinarse, a murmurar; una multitud elegante llenaba uno de los teatros de ópera más bellos de Europa; y el presidente de la República en persona nos honraba con su presencia.

Pero casi nadie lo miraba. Todos los ojos se volvieron hacia la puerta próxima a la primera fila de butacas, por la cual hacían su entrada, lenta y majestuosamente, los Hohenfels. Atónito y con un poco de dificultad reconocí a mi amigo, un joven extraño y elegante ataviado con un esmoquin. Le seguía la condesa, vestida de negro, con una diadema refulgente, un collar y pendientes, todos ellos de diamantes, que proyectaban un reflejo azulado sobre su piel olivácea. Más atrás marchaba el conde, a quien ahora veía por primera vez, con su cabello y su bigote grises, y con una estrella tachonada de diamantes que brillaba sobre su pecho. Allí estaban, unidos, superiores, sabedores de que todos los miraban boquiabiertos como si ello fuera un derecho conferido por novecientos años de historia. Por fin resolvieron instalarse en sus asientos. El conde abrió la marcha, seguido por la condesa, cuya aurora boreal de diamantes danzaba en torno a su bella cabeza. El cortejo lo cerraba Konradin, quien, antes de sentarse, paseó la mirada por el público, inclinando la cabeza cada vez que reconocía a alguien, tan seguro de sí mismo como su padre. De pronto me *vio,* pero sin dar la menor muestra de haberme reconocido, y luego sus ojos recorrieron las butacas y se elevaron hacia los palcos y bajaron nuevamente. Digo que me *vio* porque estaba seguro de que cuando sus ojos se encontraron con los míos registraron mi presencia. Entonces se levantó el telón y los Hohenfels y nosotros, los plebeyos, quedamos sumidos en la oscuridad hasta el primer entreacto.

Apenas cayó el telón, y sin esperar a que acallaran los aplausos, fui a la sala de descanso, un amplio recinto con columnas corintias de mármol, candelabros de cristal, espejos enmarcados en rojo, alfombras de color rojo y empapelado de color miel. Allí, apoyado en una de las columnas y procurando adoptar un talante altivo y desdeñoso, esperé la aparición de los Hohenfels. Pero cuando por fin los vi, sentí deseos de escapar. ¿No sería mejor ahorrarme la puñalada en el corazón que, según preveía con la perspectiva atávica propia de un niño judío, recibiría dentro de pocos minutos? ¿Por qué no eludir el dolor? ¿Por qué arriesgarme a perder un amigo? ¿Por qué exigir pruebas, en lugar de permitir que la sospecha se adormeciera? Sin embargo, no tenía fuerzas para huir, de modo que, acorazándome contra el sufrimiento, temblando, buscando apoyo en la columna, me preparé para la ejecución.

Los Hohenfels se aproximaban cada vez más, lenta y majestuosamente. Marchaban el uno al lado del otro, y la condesa, colocada en el medio, saludaba a los conocidos con una inclinación de cabeza o agitando su mano enjoyada con un movimiento afable, de vaivén, en tanto la aurora que rodeaba su cuello y su cabellera la salpicaba con lucecitas semejantes a gotas de agua cristalina. El conde también inclinó ligeramente la cabeza en dirección a sus conocidos y al presidente de la República, quien respondió con una profunda reverencia. La multitud les abrió paso y su solemne desfile continuó imperturbable, soberbio y ominoso.

Aún faltaban diez metros para que llegaran a donde estaba yo, ansioso por saber la verdad. No había escapatoria posible. La distancia que nos separaba se redujo a cinco, cuatro metros. De pronto me vio, sonrió, se llevó la mano a la solapa como si quisiera eliminar una mota de polvo... y pasaron de largo. Continuaron avanzando como si formaran una comitiva tras un invisible sarcófago de pórfido de uno de los Príncipes del Mundo, al compás de una inaudible marcha fúnebre, sonriendo constantemente y levantando las manos como si quisieran bendecir a la multitud. Cuando llegaron al extremo de la sala de descanso los perdí de vista, pero uno o dos minutos después el conde y la condesa volvieron... sin Konradin. Al pasar y volver a pasar aceptaban el homenaje de los espectadores.

Cuando sonó la campanilla que llamaba para el segundo acto abandoné mi lugar, fui a casa y me metí directamente en la cama, sin que me vieran mis padres.

Esa noche dormí mal. Soñé que dos leones y una leona me atacaban, y debí de gritar porque cuando me desperté encontré a mis padres inclinados sobre el lecho. Mi padre me tomó la temperatura pero no encontró nada anormal y a la mañana siguiente fui a la escuela como de costumbre, aunque me sentía tan débil como si estuviera convaleciente de una larga enfermedad. Konradin aún no había llegado. Me encaminé directamente hacia mi pupitre, simulé estar corrigiendo unos deberes y no levanté la vista cuando entró. Él también fue directamente a su banco, y empezó a poner en orden sus libros y lápices sin mirarme. Pero apenas sonó la campana que marcaba el fin de la clase se acercó a mí, apoyó las manos en mis hombros —cosa que jamás había hecho antes— y me hizo algunas preguntas, aunque no la más obvia, a saber, si me había gustado *Fidelio*. Respondí con la mayor naturalidad posible, y al concluir las clases me esperó y caminamos juntos hacia nuestras casas como si nada hubiera ocurrido. Seguí fingiendo durante media hora, pero sabía muy bien que él estaba al tanto de mis sentimientos interiores, porque de lo contrario no habría eludido sistemáticamente el tema que revestía más importancia para ambos: la velada del día anterior. Hasta que, justo cuando nos íbamos a separar y las hojas del portón de hierro se estaban cerrando, me volví hacia él y dije:

—Konradin, ¿por qué me rehuiste ayer?

Seguramente esperaba la pregunta, pero aun así le sobresaltó: se ruborizó y luego palideció. Quizá se había hecho la ilusión de que, al fin y al cabo, no se lo preguntaría, y de que después de unos días de enfurruñamiento olvidaría el episodio. Un hecho quedó claro: no estaba preparado para que yo le interpelara y empezó a balbucear algo en el sentido de que «no me había rehuido en absoluto», de que yo «imaginaba cosas», de que era «hipersensible», de que «no había podido dejar solos a sus padres».

Pero me negué a escucharle.

—Mira, Konradin —dije—, sabes perfectamente que tengo razón. ¿Piensas que no me he dado cuenta de que sólo me invitas a tu casa cuando tus padres están ausentes? ¿Crees realmente que anoche yo imaginaba cosas? Necesito saber cuál es mi situación. No quiero perderte, lo sabes... Estaba solo antes de que aparecieras y lo estaré aún más si desapareces de mi vida, pero no soporto la idea de que te sientas avergonzado hasta el extremo de no presentarme a tus padres. Entiéndeme. No tengo interés en entablar una relación social con tus padres..., excepto una vez, sólo durante cinco minutos, para no pensar que soy un intruso en tu casa. Además, prefiero estar solo antes que humillado. Valgo tanto como todos los Hohenfels del mundo. Te repito que nadie me *humillará*, ya sea rey, príncipe o conde.

Palabras intrépidas, pero ya estaba casi llorando y difícilmente podría haber continuado cuando Konradin me interrumpió.

—Pero yo no *quiero* humillarte. ¿Cómo podría quererlo? Sabes que eres mi único amigo. Y sabes que te tengo en mayor estima que a cualquier otro. Sabes que yo también estaba solo, y que si te pierdo, perderé al único amigo en el cual puedo confiar. ¿Cómo podría avergonzarme de ti? ¿Acaso toda la escuela no está al tanto de nuestra amistad? ¿No hemos viajado juntos? ¿Alguna vez se te ocurrió pensar, antes, que me avergonzaba de ti? ¡Y te atreves a sugerir una cosa semejante!

—Sí —contesté, ahora mucho más sereno—. Te creo. Hasta la última palabra. Pero ¿por qué ayer actuaste de ese modo? Podrías haberme hablado durante un segundo y podrías haberte dado por enterado de mi existencia. No pretendía mucho. Sólo un saludo, una sonrisa, un ademán habría bastado. ¿Por qué cambias tanto delante de tus padres? ¿Por qué no has permitido que los conozca? Tú conoces a mi madre y a mi padre. Dime la verdad. Tiene que haber una razón para que no me los hayas presentado, y la única que se me ocurre es que temes que pueda no gustarles a ellos.

Vaciló un momento.

—Pues bien —dijo—, *tu l'as voulu, Georges Dandin, tu l'as voulu.* Quieres saber la verdad, y la sabrás. Como viste, y nadie menos que *tú* podría haber dejado de verlo, no me *atreví* a presentarte. El motivo, lo juro por todos los dioses, no es ni remotamente la vergüenza..., en esto te equivocas. Es mucho más sencillo y desagradable. Mi madre desciende de una aristocrática familia polaca, en otros tiempos la realeza, y odia a los judíos. Durante siglos los judíos no existieron para los suyos: eran inferiores a los siervos, la escoria de la Tierra, intocables. Los detesta. Los teme, aunque nunca ha conocido a ninguno. Si se estuviera muriendo y nadie pudiera salvarla excepto tu padre, estoy seguro de que no recurriría a él. Nunca admitiría la posibilidad de conocerte. Siente celos de ti porque tú, un judío, te has hecho amigo de su hijo. Piensa que el hecho de que me vean contigo es una mácula sobre el blasón de los Hohenfels. También te teme. Piensa que has socavado mi fe religiosa y que estás al servicio de la judería mundial, que no es más que un sinónimo del bolchevismo, y que seré víctima de tus maquinaciones diabólicas. No te rías; lo dice en serio. He discutido con ella, pero se limita a responder: «Mi pobre niño, ¿no te das cuenta de que ya estás en sus manos? Ya hablas como un judío». Y si quieres saber toda la verdad, he tenido que luchar por cada hora que he pasado contigo. Y lo peor de todo es esto: anoche no me atreví a hablarte porque no quería herirte. No, querido amigo, no tienes derecho a reprocharme nada. Ningún derecho, repito.

Miré a Konradin, que estaba tan turbado como yo.

—¿Y tu padre? —balbuceé.

—¡Oh, mi padre! Eso es harina de otro costal. A mi padre no le inquietan mis relaciones. Para él, un Hohenfels será siempre un Hohenfels, sin importar dónde se encuentra ni con quién trata. Quizá si fueras judía las cosas cambiarían. Sospecharía que intentabas atraparme. Y eso no le gustaría en absoluto. Por supuesto, si la judía fuera inmensamente rica, *podría, tal vez* podría considerar la posibilidad de una boda..., pero incluso en esas condiciones le dolería herir los sentimientos de mi madre. Verás, sigue muy enamorado de ella —hasta ese momento había conseguido conservar la calma, pero de pronto, arrebatado por la emoción, gritó—: ¡No me mires con esos ojos de perro apaleado! ¿Acaso soy responsable de los actos de mis padres? ¿Tengo yo la culpa de algo? ¿Quieres responsabilizarme de la conducta del mundo? ¿No es hora de que ambos maduremos, dejemos de soñar y nos enfrentemos a la realidad? —Después de este estallido se apaciguó un poco—. Mi querido Hans —dijo con gran dulzura—, acéptame tal como he sido creado por Dios y por circunstancias que escapan a mi control. He procurado ocultarte todo esto, pero debería haber sabido que no podría engañarte durante mucho tiempo, y debería haber tenido el valor necesario para confesártelo antes. Sin embargo, soy un cobarde. Sencillamente no soportaba la idea de ofenderte. Sea como fuere, no soy el único culpable. ¡Es muy difícil estar a la altura de tu concepto de la amistad! Pretendes demasiado de simples mortales, mi querido Hans, de modo que trata de entender y perdonarme, y continuemos siendo amigos.

Le tendí la mano, sin atreverme a mirarle a los ojos, porque cualquiera de los dos podría haberse echado a llorar. Al fin y al cabo, sólo teníamos dieciséis años. Konradin cerró lentamente las hojas del portón de hierro que habrían de separarme de su mundo. Ambos sabíamos que yo nunca podría volver a cruzar la frontera, y que la casa de los Hohenfels estaba definitivamente clausurada para mí. Se encaminó con paso lento hacia la puerta, pulsó con delicadeza un botón y ésta se deslizó de forma silenciosa y misteriosa. Se volvió y me saludó con un ademán, pero no contesté al saludo. Mis manos estaban crispadas alrededor de los barrotes de hierro, como las de un prisionero que clama por la libertad. Los grifos, con sus picos y garras semejantes a hoces, me miraban desde arriba, alzando triunfalmente el escudo de armas de los Hohenfels.

Nunca volvió a invitarme a entrar en su casa y quedé agradecido por su tacto. Nos reuníamos como antes, como si nada hubiera ocurrido, y él venía a visitar a mi madre, pero cada vez con menor frecuencia. Ambos sabíamos que ya nada sería como antes y que ése era el comienzo del fin de nuestra amistad y de nuestra infancia.

16

Y el fin no tardó en llegar. El vendaval que había empezado a soplar desde el Este también alcanzó a Suabia. Aumentó de intensidad hasta adquirir la fuerza de un tornado, y no amainó hasta que, aproximadamente doce años después, Stuttgart fue demolida en sus tres cuartas partes, la medieval Ulm quedó reducida a una pila de escombros y Heilbronn, a un matadero donde habían perecido doce mil personas.

Cuando volví a la escuela después de las vacaciones de verano, que había pasado en Suiza con mis padres, la tétrica realidad penetró por primera vez, desde la anterior guerra mundial, en el Gymnasium Karl Alexander. Hasta entonces, y durante más tiempo del que había atinado a imaginar, la escuela había sido un templo de las humanidades donde los materialistas nunca habían conseguido introducir su tecnología ni su política. Homero y Horacio, Eurípides y Virgilio todavía eran más importantes allí que los inventores y los amos temporales del mundo. Por supuesto que más de cien muchachos habían muerto durante la última Gran Guerra, pero eso era lo que les había sucedido a los espartanos en las Termópilas y a los romanos en Canas. Morir por la propia patria implicaba acatar el ejemplo tradicional.

> «Noble es aquel que cae en el frente de batalla combatiendo heroicamente por su país natal, y desgraciado el hombre que implora, apátrida cobarde, fugitivo de regiones fecundas.»

Pero participar en la lucha política era otra cosa. ¿Cómo podían pretender que nos interesáramos por los acontecimientos contemporáneos cuando nuestros profesores de Historia nunca nos enseñaban lo que había ocurrido después de 1870? ¿Cómo podían comprimir los pobres diablos, en las dos horas semanales que les adjudicaban, a los griegos y los romanos, a los santos emperadores romanos y los reyes suabos, a Federico el Grande, la Revolución francesa, Napoleón y Bismarck? Por supuesto, ya ni siquiera nosotros podíamos permanecer totalmente ajenos a lo que sucedía fuera del templo. Por toda la ciudad se veían enormes carteles de color rojo sangre que despotricaban contra el Tratado de Versalles y los judíos; las esvásticas y la hoz y el martillo desfiguraban los muros por todas partes, y largas columnas de desocupados marchaban en uno y otro sentido por las calles..., pero, apenas volvíamos a entrar, el tiempo se detenía y de nuevo primaba la tradición.

A mediados de septiembre apareció un nuevo profesor de Historia, Herr Pompetzki. Provenía de algún lugar situado entre Danzig y Königsberg, lo cual le convirtió probablemente en el primer prusiano que enseñaba en la escuela, y su dicción seca, cortante, desentonaba en los oídos de los muchachos, habituados al ampuloso y perezoso dialecto suabo.

—Caballeros —dijo al iniciar su clase—, hay Historia e Historia. La Historia que está actualmente en vuestros libros y la Historia que pronto se materializará. Lo sabéis todo acerca de la primera, pero nada acerca de la segunda porque ciertos poderes oscuros sobre los que me propongo deciros algo tienen interés en ocultárosla. De todas maneras, por el momento los llamaremos «poderes oscuros», poderes que actúan en todas partes, en América, en Alemania, pero sobre todo en Rusia. Dichos poderes están disfrazados con más o menos astucia, influyen sobre nuestra forma de vida, y socavan nuestra moral y nuestra herencia nacional. «¿Qué herencia?», preguntaréis. «¿De qué nos habla usted?» Caballeros, ¿no es increíble que me hagáis tales preguntas? ¿Que no tengáis noticias del inapreciable don que nos ha sido conferido? Permitid que os explique lo que ha significado esta herencia durante los últimos tres mil años. Hacia el año 1800 antes de Cristo, unas tribus arias, los dorios, aparecieron en Grecia. Hasta entonces, Grecia, un país pobre, montañoso, habitado por gente de raza inferior, había estado dormida, impotente, albergando bárbaros sin pasado ni futuro. Pero poco después de la llegada de los arios la situación cambió por completo, hasta que, como todos sabemos, Grecia dio a luz la civilización más brillante de la historia de la Humanidad. Adelantémonos ahora en el tiempo. Todos ya habéis oído decir que a la caída de Roma le siguió la edad del oscurantismo. ¿Creéis que fue por pura casualidad que el Renacimiento empezó poco después de la entrada de los emperadores germanos en Italia? ¿No os parece más probable que fuera la sangre germana la que fecundó los campos de Italia, estériles desde la caída de Roma? ¿Puede ser una coincidencia que las dos civilizaciones más extraordinarias hayan nacido poco después de la llegada de los arios?

Y así continuó hablando durante una hora. Puso mucho cuidado en no identificar a los «poderes oscuros», pero todos sabíamos a quiénes se refería, y apenas hubo salido del aula estalló una violenta discusión en la que no participé.

—¿Qué dice de la civilización china? —vociferó Frank—. ¿Y de los árabes? ¿Y de los incas? ¿El muy idiota nunca ha oído hablar de Rávena?

Pero algunos, y sobre todo los más estólidos, alegaron que esa teoría tenía algunos méritos. ¿Cómo se explicaba, si no, que Grecia hubiera prosperado misteriosamente tan poco tiempo después de la llegada de los dorios?

Mas, cualesquiera que fueran los juicios de los alumnos acerca de Pompetzki y sus teorías, su aparición hizo modificar toda la atmósfera de la noche a la mañana. Hasta entonces nunca había tropezado con una hostilidad mayor que la que se observa normalmente entre muchachos de distintas clases y gustos. Nadie parecía sustentar opiniones vehementes sobre mi persona, y no había tropezado con ningún testimonio de intolerancia religiosa o racial. Pero una mañana, al llegar a la escuela, oí que detrás de la puerta cerrada de mi aula surgía el clamor de una violenta discusión. «Los judíos», oí decir, «los judíos.» Éstas fueron las únicas palabras que pude percibir, pero se repetían como un estribillo, y la pasión con que las pronunciaban era innegable.

Abrí la puerta y la discusión cesó bruscamente. Seis o siete muchachos estaban en pie, formando un grupo. Me miraron como si nunca me hubieran visto. Cinco de ellos volvieron hasta sus pupitres arrastrando los pies, pero dos —Bollacher, el inventor de «Cástor y Pólak», que casi no me hablaba desde hacía un mes, y Schulz, un granuja agresivo que pesaba sus buenos ochenta kilos, hijo de un pobre pastor de aldea y condenado a seguir las huellas de su padre— me miraron fijamente a los ojos. Bollacher sonrió, con una de esas estúpidas sonrisas de superioridad que ostentan algunas personas cuando ven un babuino en el zoológico, pero Schulz, que se apretaba la nariz como si algo oliera mal, me miró provocativamente. Vacilé un momento. Pensé que tenía un cincuenta por ciento de probabilidades de darle una paliza a ese grandísimo idiota, pero no creía que ello pudiera contribuir a mejorar las cosas. En la atmósfera de la escuela ya se había infiltrado una dosis excesiva de veneno. De modo que volví a mi banco y fingí echar una última ojeada a mis deberes..., al igual que Konradin, que parecía estar demasiado ocupado para poder distraerse con lo que sucedía en torno.

Entonces Bollacher, estimulado por mi renuncia a aceptar el desafío de Schulz, corrió hacia mí.

—¿Por qué no vuelves a Palestina, de donde procedes? —gritó, y sacando del bolsillo un pequeño rectángulo de papel impreso lo humedeció con la lengua y lo pegó sobre el pupitre, frente a mí. Decía: «Los judíos han arruinado Alemania. ¡Pueblo, despierta!».

—¡Quítalo de ahí! —exclamé.

—Quítalo tú mismo —respondió—, pero escúchame bien: si lo haces te romperé todos los huesos.

Ése era el momento crítico. La mayoría de los chicos, incluido Konradin, se levantaron para observar lo que iba a ocurrir. Ahora estaba tan asustado que no podía vacilar. Debía actuar o reventar. Le pegué a Bollacher en la cara con todas mis fuerzas. Se tambaleó y luego arremetió contra mí. Ninguno de los dos era un experto y fue una pelea desordenada..., sí, pero también fue una contienda entre un nazi y un judío, y yo defendía la buena causa.

La convicción apasionada de que mi causa era la justa no me habría bastado para salir bien parado si Bollacher, al lanzarme un puñetazo que yo esquivé, no hubiera tropezado y se hubiera atascado entre dos pupitres en el preciso instante en que entraba el mismísimo Pompetzki. Bollacher se puso en pie. Me señaló mientras las lágrimas de mortificación rodaban por sus mejillas y dijo:

—Schwarz me ha atacado.

Pompetzki me miró.

—¿Por qué has golpeado a Bollacher?

—Porque me ha insultado —respondí, temblando por efecto de la rabia y la tensión.

—¿Te ha insultado? ¿Qué te ha dicho? —preguntó Pompetzki con voz suave.

—Me ha dicho que volviera a Palestina.

—Oh, ya veo —comentó Pompetzki sonriendo—. ¡Pero eso no es un insulto, mi querido Schwarz! Es un consejo sano y cordial. Sentaos, los dos. Si queréis pelear, hacedlo fuera de clase hasta que os hartéis. Pero recuerda, Bollacher, que debes ser paciente. Pronto se resolverán todos nuestros problemas. Y ahora, volvamos a la lección de Historia.

Cuando atardeció y llegó la hora de volver a casa, esperé a que se fueran todos. Todavía me alimentaba una vaga esperanza de que *él* me estuviera aguardando, de que me ayudara, de que me consolara, precisamente cuando más lo necesitaba. Pero cuando salí, la calle estaba tan fría y desierta como la playa en un día de invierno.

A partir de entonces lo eludí. Si lo hubieran visto conmigo, eso sólo habría servido para abochornarlo y esperaba que estuviera agradecido por mi decisión. Ahora me hallaba solo. Casi nadie me hablaba. Max Músculos, que había adoptado la costumbre de lucir una pequeña esvástica de plata en la chaqueta, ya no me pedía que demostrara mis dotes para la gimnasia. Incluso los antiguos profesores parecían haberme olvidado. Había comenzado el largo y cruel proceso de desarraigo, y las luces que me habían guiado ya se habían amortiguado.

17

Un día, a comienzos de diciembre, había llegado cansado a casa cuando mi padre me condujo a su consultorio. En los últimos seis meses había envejecido y parecía tener algunas dificultades para respirar.

—Siéntate, Hans, quiero hablar contigo. Lo que te diré ahora te dejará atónito. Tu madre y yo hemos decidido enviarte a América, al menos por ahora, hasta que haya pasado la tormenta. En Nueva York tenemos parientes que se ocuparán de ti y harán los trámites necesarios para que ingreses en la universidad. Pensamos que es lo mejor para ti. No nos has contado lo que sucede en la escuela, pero suponemos que no te ha resultado fácil. En una universidad sería aún peor. ¡Oh..., la separación no durará mucho! Nuestro pueblo recuperará la sensatez dentro de pocos años. Por lo que concierne a nosotros, nos quedamos aquí. Ésta es nuestra patria y éste es nuestro hogar. No permitiremos que un «perro austriaco» nos lo robe. Soy demasiado viejo para cambiar mis hábitos, pero tú eres joven y tienes todo el futuro por delante. Ahora no pongas objeciones, no discutas, porque lo único que conseguirías sería hacer más difíciles las cosas. Y por el amor de Dios, calla por un tiempo.

Así fue como quedó resuelto. Dejé la escuela en Navidad, y el 19 de enero, día de mi cumpleaños, casi exactamente un año después de que Konradin entrara en mi vida, emprendí viaje rumbo a América. Dos días antes de mi partida, recibí dos cartas. La primera estaba escrita en verso, y era producto de los esfuerzos conjuntos de Bollacher y Schulz:

«Pequeño Moishe..., te deseamos una feliz partida ardiendo en el infierno con Moisés, Isaac y tu tribu podrida.

»Pequeño Moishe..., ¿adónde irás? ¿Te juntarás con los judíos en Madrás?

»Pequeño Moishe..., no vuelvas ni por queso si no quieres que te rompamos el cochino pescuezo».

La otra decía:

«Mi querido Hans:

»Ésta es una carta difícil. Antes que nada, permite que te diga cuánto me apena que te vayas a América. No puede ser fácil para ti, que amas a Alemania, iniciar una nueva vida en Estados Unidos..., país con el que ni tú ni yo tenemos nada en común, e imagino cuán triste y desolado te debes sentir. Sin embargo, quizás es lo más prudente que puedes hacer. La Alemania de mañana será distinta de la que nosotros conocimos. Será una Alemania nueva, bajo el liderazgo del hombre que va a determinar nuestro destino y el destino del mundo por muchos siglos. Te pasmará saber que creo en ese hombre. Sólo él puede salvar a nuestra amada patria del materialismo y del bolchevismo, sólo merced a él Alemania podrá reconquistar la influencia moral que ha perdido por culpa de sus propios desvaríos. No puedes estar de acuerdo conmigo, pero no veo otra esperanza para Alemania. Debemos optar entre Stalin y Hitler, y yo prefiero a este último. Su personalidad y sinceridad me impresionaron más de lo que jamás habría podido imaginar. Lo conocí hace poco tiempo cuando estuve en Múnich con mi madre. Exteriormente es un hombrecillo que no llama la atención, pero apenas lo escuchas te sientes arrastrado por la fuerza de su convicción, por su voluntad de acero, por su vehemencia demoniaca y su perspicacia profética. Cuando mi madre salió estaba bañada en llanto y no cesaba de repetir: "Dios nos lo ha enviado". No puedo expresarte hasta qué punto me apena que durante un tiempo —quizás uno o dos años— no haya lugar para ti en esta Nueva Alemania. Pero no veo ninguna razón para que no puedas volver más adelante. Alemania necesita hombres como tú y estoy convencido de que el Führer sabe y quiere escoger entre los buenos elementos judíos y los indeseables.

»"Porque quien se afinca a la vera de su cuna se resiste a abandonarla."

»Me alegra que tus padres hayan resuelto quedarse. Por supuesto, nadie los molestará y podrán vivir aquí en paz y seguros.

»Quizás algún día nuestros caminos vuelvan a cruzarse. ¡Siempre te recordaré, querido Hans! Has influido mucho en mí. Me has enseñado a pensar, y a dudar, y a encontrar a través de la duda a nuestro Señor y Salvador Jesucristo.

»Tu Konradin v. H.».

18

Y así vine a Estados Unidos. He vivido aquí durante treinta años.

Cuando llegué, fui a la escuela y después a Harvard, donde estudié Derecho. Aborrecía esa idea. Quería ser poeta, pero el primo de mi padre no toleraba disparates.

—Poesía, poesía... —dijo—. ¿Acaso piensas que eres otro Schiller? ¿Cuánto gana un poeta? Primero estudiarás Derecho. Después podrás escribir cuantos poemas se te antojen en tus horas libres.

De modo que estudié Derecho, me gradué como abogado a los veinticinco años y me casé con una muchacha de Boston con la que tengo un hijo. En mi carrera de abogado «me ha ido bastante bien», como dicen los ingleses, y la mayoría opina que he triunfado en la vida.

Desde un punto de vista superficial, esto es cierto. Lo tengo «todo»: un apartamento frente a

Central Park, automóviles y una casa en el campo. Además, soy socio de varios clubes judíos, y todas esas cosas. Pero no me engaño. Nunca he hecho lo que verdaderamente quería hacer: escribir un buen libro y buena poesía. Al principio me faltó valor para dedicarme a eso porque no tenía dinero, pero ahora que tengo dinero me falta valor porque no tengo confianza. Aunque esto no importa mucho. *Sub specie aeternitatis*, todos, sin excepción, somos unos fracasados. No recuerdo dónde leí que «la muerte debilita nuestra confianza en la vida al demostrar que al final todo es igualmente fútil ante la oscuridad definitiva». Sí, «fútil» es la palabra exacta. De cualquier forma, no debo quejarme: tengo más amigos que enemigos y hay momentos en los que casi me alegro de vivir..., cuando veo cómo se pone el sol y asoma la luna, o cuando contemplo la nieve que corona las montañas. Y hay otras compensaciones, como cuando puedo volcar toda mi influencia en favor de una causa que considero justa: la igualdad racial, por ejemplo, o la abolición de la pena de muerte. Estoy satisfecho de mi prosperidad económica porque me ha permitido prestar cierta ayuda a los judíos para la construcción de Israel y a los árabes para el asentamiento de algunos de sus refugios. Incluso he enviado dinero a Alemania.

Mis padres han muerto, pero me complace decir que no terminaron en Belsen. Un día apostaron a un nazi frente al consultorio de mi padre con la siguiente pancarta: «Cuidado, alemanes. Eludid a los judíos. Todos los que tienen contacto con un judío se contaminan». Mi padre se puso su uniforme de oficial con todas sus condecoraciones, incluida la Cruz de Hierro de Primera Clase, y se colocó junto al nazi. Éste se sintió cada vez más turbado y gradualmente se fue congregando una multitud. Al principio los espectadores permanecieron callados; sin embargo, a medida que aumentaba su número, surgieron murmullos que finalmente se transformaron en burlas agresivas.

Pero su hostilidad estaba dirigida contra el nazi, y fue éste quien al cabo de poco tiempo tomó sus bártulos y partió. No volvió ni fue reemplazado. Pocos días después, mientras mi madre dormía, mi padre abrió la llave del gas y así murieron. Desde su muerte he evitado dentro de lo posible los encuentros con los alemanes y no he abierto un solo libro alemán. Ni siquiera de Hölderlin. He procurado olvidar.

Por supuesto, es inevitable que unos pocos alemanes se crucen en mi camino, buenas personas que han estado en la cárcel por combatir a Hitler. Siempre verifico su pasado antes de estrecharles la mano. Debes proceder con cautela antes de aceptar a un alemán. ¿Qué garantías tienes de que el hombre con quien conversas no se ha manchado con la sangre de tus amigos y parientes? Claro que, en estos casos, no me quedaba la menor duda. A pesar de haber sido miembros de la resistencia eran propensos a tener remordimientos, y yo los compadecía. Pero incluso en presencia de ellos fingía que me resultaba difícil hablar alemán.

Ésta es una especie de fachada protectora que levanto casi (no del todo) de un modo inconsciente cuando debo hablar con un alemán. Es cierto que aún puedo hablar perfectamente esa lengua, con acento americano, pero me disgusta emplearla. Mis heridas no han cicatrizado, y quienes me traen el recuerdo de Alemania no hacen más que frotarlas con sal.

Un día conocí a un habitante de Wurtemberg y le pregunté qué suerte había corrido Stuttgart.

—Tres cuartas partes de la ciudad fueron destruidas —respondió.

—¿Qué sucedió con el Gymnasium Karl Alexander?

—Escombros.

—¿Y el *Palais* Hohenfels?

—Escombros.

Yo no paraba de reír.

—¿De qué se ríe? —preguntó, atónito.

—No importa —dije.

—Pero eso no tiene nada de cómico —insistió—. ¡No veo el chiste!

—No importa —repetí—. No hay ningún chiste.

¿Qué otra cosa podría haber dicho? ¿Cómo podría haberle explicado de qué me reía, si yo mismo no consigo entenderlo?

19

Ahora he revivido todo esto, hoy mismo, cuando me ha caído del cielo, junto con un folleto lleno de nombres, una carta del Gymnasium Karl Alexander en la cual me invitaban a contribuir pecuniariamente para la erección de un monumento en homenaje a los alumnos caídos en la segunda guerra mundial. Ignoro cómo consiguieron mi dirección. No entiendo cómo averiguaron que hace mil años había sido «uno de ellos». Mi primer impulso consistió en arrojarlo todo al cesto de los papeles. ¿Por qué habría de preocuparme por «su» muerte? No tenía nada que ver con «ellos», nada en absoluto. Esa parte de mí no había existido nunca. ¡Había amputado diecisiete años de mi vida sin pedirles nada a «ellos» y ahora «ellos» me pedían a *mí* una donación!

Pero al final cambié de idea. Leí la carta. Cuatrocientos alumnos habían muerto en la guerra o habían desaparecido. Allí estaba la lista, por orden alfabético. La recorrí, saltándome la letra «H».

«ADALBERT, Fritz, muerto en Rusia en 1942.» Sí, en mi clase había habido un chico que se llamaba así. Pero no podía recordarlo. Debía de haber sido tan insignificante para mí cuando vivía como lo era ahora que estaba muerto. Lo mismo se aplicaba al nombre siguiente:

«BEHRENS, Karl, desaparecido en Rusia, presuntamente muerto».

Y éstos eran jóvenes que tal vez había conocido durante años, que en otra época habían estado vivos y llenos de esperanzas, que habían reído y vivido como yo.

«FRANK, Kurt.» Sí, a *él* lo recordaba. Era uno de los tres «Caviares», un buen chico, y me condolía por él.

«MÜLLER, Hugo, muerto en África.» A él también lo recordaba. Cerré los ojos y mi memoria produjo, como en un daguerrotipo desvaído, la silueta vaga y borrosa de un muchacho rubio, con hoyuelos, pero eso era todo. Estaba sencillamente muerto. Pobre tipo.

Era distinto el caso de «BOLLACHER, muerto, tumba desconocida». Él lo merecía..., si alguien merecía que lo mataran (y «si» es la palabra clave). Y esto también valía para Schulz. Oh, a *ellos*

los recordaba bien. No había olvidado su poema. ¿Cómo empezaba?

«Pequeño Moishe..., te deseamos una feliz partida ardiendo en el infierno con Moisés, Isaac y tu tribu podrida.»

Sí, *¡ellos* merecían estar muertos!... *Si* alguien lo merecía.

Así recorrí toda la lista, exceptuando los apellidos que empezaban con «H», y cuando hube terminado descubrí que veintiséis chicos, de los cuarenta y seis de mi clase, habían muerto por *das 1000-jährige Reich.*

Y entonces bajé la hoja de papel con la lista... y esperé.

Esperé durante diez minutos, durante media hora, mirando constantemente ese material impreso que brotaba del infierno de mi pasado antediluviano. Había llegado sin que yo lo pidiera, para turbar mi paz espiritual y exhumar algo que yo tanto me había esforzado por olvidar.

Trabajé un poco, hice algunas llamadas telefónicas, dicté unas pocas cartas. Y, sin embargo, no podía desentenderme de la carta ni obligarme a buscar el único nombre que me perseguía.

Finalmente resolví destruir el atroz folleto.

¿Quería o necesitaba saberlo realmente? ¿Qué importaba que estuviera muerto o vivo, puesto que ni en uno ni en otro caso volvería a verle jamás?

Pero ¿podía estar seguro de ello? ¿Estaba total y categóricamente descartado que no se abriría la puerta para que él entrara? ¿No estaba escuchando sus pisadas en ese mismo momento?

Cogí el folleto y me dispuse a rasgarlo, pero en el último momento me contuve. Cobrando ánimos, temblando, lo abrí en la letra «H» y leí:

«VON HOHENFELS, Konradin, implicado en la conspiración para matar a Hitler. *Ejecutado*».

OBRAS DE LA COLECCIÓN SINGULAR CONTEMPORÁNEA

La trilogía de Nueva York, Paul Auster
La naranja mecánica, Anthony Burgess
La mano izquierda de la oscuridad, Ursula K. Le Guin
Si esto es un hombre, Primo Levi
El perfume, Patrick Süskind
Reencuentro, Fred Uhlman

AUSTRAL

www.australeditorial.com

www.planetadelibros.com